葉蟬貞著

燈下

三民書局印行

中華民國六十年十二月初版

燈下

特價新臺幣貳拾伍元

著作者 葉蟬貞

出版者 三民書局有限公司

發行所 三民書局有限公司
臺北市重慶南路一段七十七號

印刷所 中臺印刷廠
臺中市公園路三十七號

內政部出版登記證內版臺業字第六六〇號

三民文庫編刊序言

書是知識的滙集，知識是人人必備的，因而書是人人必讀的；我們出版界的責任，就是要提供好書，供應廣大的需要。不但在內容上要提高書的水準，同時在價格上也要適合一般的購買力，至於外觀求其精美，當然更是印刷進步的今日應該做得到的。

知識是多方面的，社會科學、自然科學的知識，文學、藝術、哲學，歷史的知識，莫不爲人所必需，推而至於山川人物的記載，個人經歷的回憶，也都包括在知識的範圍以內；這樣廣博知識的滙集，就是我們所要出版的三民文庫陸續提供的讀物。

在歐美日本等國，這種文庫形式的出版物，有悠久的歷史及豐富的收穫，人人愛讀，家家傳誦，極爲我們所欣羨。近年來我國的出版界，在這方面亦已有良好的開始；我們願意站在共求文化進步的立場並肩努力，貢獻我們微薄的力量，參加栽種的行列。我們希望得到作家的支持，讀者的愛護，同業的協作。

中華民國五十五年雙十節

三民書局編輯委員會謹識

前言

「那是最好的時代，也是最壞的時代，那是智慧的時代，也是愚蠢的時代，那是信仰的時代，也是懷疑的時代，那是光明的季節，也是黑暗的季節，那是希望的春天，也是絕望的冬天……」

以上是十九世紀英國最負盛名的小說家狄更斯，在他的名著「双城記」中的開場白。我每讀到這一段話時，總覺得這位不朽的文豪還活生生地活在我們中間，他所形容的那個時代，也正是我們今日所處的時代。

我生於憂患，長於憂患，這個時代給與我的一切感受，較一般人更為深切。我少時也曾有過許多夢想，但從未想到著書立說，擠身作家之林。我之從事寫作，祇是這個時代中一些感我至深的人和事，如鯁在喉，不吐不快。所以我在高中時代所撰「父親」一文在報章副刊發表後，我就停停寫寫，寫寫停停，把心中想說的話寫出來發表了，我就覺得了却了一椿心事，從未剪貼存稿，準備出書。直到「母親」一文在晨光雜誌發表後，才引起各方注意。且有不少人士輾轉探得我的住址和電話號碼，或面致嘉許，或通電勉勵，黨國元老于右任先生還着人把我叫到他跟前，涕淚交流的面囑我擯除一切，致力寫作，並將他的自傳「牧羊兒自傳」送我一本，以示慰勉。我深受感動之餘，乃於年前先母八十冥誕時，將「母親」一文暨其他十四篇短文，編爲「懷鄉集」出版，以誌哀思。該書出版後，又承文化界先進，以及文藝界朋友，和一些青年朋友的多方鼓勵，要我努力不懈，把寫作當作個人的終生事業，使我感愧交併。我至今尤覺萬分遺憾的是該書出版時，于右任先生已經仙逝，我未能將它親呈他老人家指正，以報答他對我的期許。

於今，我又向讀者獻出了「燈下」這本散文集。本書包括山城之戀、重慶大火記、佳偶天成、韓國掠影、麗清和漢城、國際筆會三十七屆大會側記、祖母的故事、男女有別、淺說快樂、也談文藝、大路之歌、燈下、寫作與我諸篇。山城之戀、佳偶天成，是寫抗戰八年，戰時首都重慶的形形色色。重慶大火記，寫民國廿八年五月三日，日本軍閥火攻重慶，震驚世界的一幕實景。韓國掠影，寫今日南韓的種種，由該國的歷史文化、宗教、人民生活與我國的淵源，到今日的文經建設，以及板門店的素描。麗清和漢城，寫韓國復國前，一個僑居我國的韓國女孩的故事。國際筆會三十七屆大會側記，寫一些世界女作家的聲音儀態，世界文壇上負盛名的作家在大會中的表現，以及大會期間他們的逸行趣事，和該屆大會的點點滴滴。祖母的故事，寫我的和林黛玉同樣淒涼身世的先祖母。燈下，寫先母給與的啓示和鼓勵，以及一些有關先父的故事。寫作與我，可當我的自傳看。我自慚才薄學淺，無法使這本小集美如天仙地出現在讀者之前，但一字一句，都出自我肺腑，但願它能像一個樸質純眞的孩子，或像一個歷盡滄桑的老人，與讀者相見，當你寂寞的時候，它能輕輕地爲你打開友愛的門窗，當你煩悶的時候，它能悄悄地帶給你一個會心的微笑，當你失望的時候，它能引領你看到希望的曙光！因爲，我總覺得人類還是有前途的，浮雲蔽日，祇是宇宙間一時的景象。

最後，謹以我的至誠，向曾經鼓勵我、指正我的　諸位文化、文藝界先進，致最高的敬意和謝意。

燈下　目錄

山城之戀

話說當年在重慶

重慶，是一個依山而築的城市，所以有山城之稱。它俯視揚子嘉陵兩條大江，東下荆夔，西指成都，南通黔滇，北顧漢中，乃水陸交通的總滙，是四川的門戶。正像一頭雄心萬丈的山虎，由莽莽蒼蒼的叢山聳嶺中蹦出來，奮身一躍，四蹄落在揚子和嘉陵兩條大江的交叉點上，雄視四方，滔滔滾滾的兩條大江，在脚下日以繼夜的流着，呑吐着由各方匯集而來的文化、財貨、和生命；婉延崎嶇的公路，向四面八方伸展開去，像是它自己的爪牙，吸取豐富的維他命，發揮生命的潛能和威力。這形式增加了它的自信心和安全感，便孤傲地蹲在那兒不動，計劃着，如何才能一蹦蹦出去，越過滔滔滾滾的江水，越過蒼蒼莽莽的叢山，要一展懷抱，揚名四海……它這樣孤傲而寂寞地蹲着，計劃着，日復一日，年復一年……。

憑窗外望車輪人腿

轟隆一聲，日本軍閥的侵略炮火，對準中華民族開動了！中華兒女抗戰的怒吼，響徹雲霄！這頭伏虎，便一躍而起，豪不遲疑擔當起時代賦與它的任務。有如當年站在長板坡上的張飛，不但嚇阻了來犯的侵略者，鞏固了西南半壁河山。而且她的英名、威力、和事功，隨着那滔滔滾滾的江水，越過那蒼蒼莽莽的叢山，到達世界每一角落，根深蒂固地植在千萬人的心田裏。不信麼，試問凡是在抗戰時期去過重慶的，不管是中國人，外國人，男的女的，老的小的，誰忘得了重慶，正因爲忘不了，它的語言代替了許多地方的家鄉話和國語，迄今猶在到過那兒的孩子們，和生長在那兒的孩子們的成人中間流行着，成爲他們的共通語言。唉！重慶，這艘曾在暴風雨中，引領我們渡過驚濤駭浪的統帥艦，怎忘得了？怎忘得了？

依着山的形式，層層叠叠建築起來的房屋，多數式樣都不中不西。在小十字一帶的銀行商業區，房屋櫛比，萬象雜陳。在兩路口，上清寺一帶的學校區，以及南溫泉風景區，那些豪華的花園官邸和別墅，則多數花木扶疎，鳥鳴上下，又是一番景象。臺梯式的建築，是山城的特色。有時你由窗內外望，但見一條條長長短短的腿，和黃包車的兩輪在幌動，活像電影中的特寫鏡頭。原來你的住宅建築在斜坡上，你住的恰是坡下那一層，外面的馬路，高過你的窗戶。所以你由外面回來，一進大門，便先下樓，要出門去，先上樓梯，眞有點反其道而行。不過好些樓梯都寬而平坦，坡下房屋光線既好，又通風乾燥，也並不太委曲你。

蜀道之難在於爬坡

到處是梯形石級，土級路，連接山崖山谷的交道。有些級路小巷，曲折幽深，頗有「山窮水盡疑無路，柳暗花明又一村」之趣。也有士大夫階級的雅士，逢到星期假日，在附近探親訪友，捨轎車而不坐，漫步當車，在這些小巷大搖大擺而過。遇到冬天，索性買一包糖炒板栗，放在大衣口袋裏，一面漫步搖擺，一面剝吃糖炒栗子，大享其「偷閒學少年」之樂。因爲這些梯級小巷，行人稀少，樂得自由自在一番也！有些高崖梯坡，可就既高且陡，一來就是幾十幾百級，在坡的下面，望不到坡的盡頭。於是，「滑竿」應運而生。「滑竿」是一種用竹子做成的輕便小轎，也是唯一代步的上下坡交通工具。遇到這種高而且陡的坡路，坐在滑竿裏，下坡時，似乎要被撲面倒出去：上坡時，又覺得要由後腦一個滾翻落深谷。初嘗此道，眞有點提心吊膽呢。可是那些短小精幹的滑竿夫，好像腿上裝有彈簧一樣，兩個人肩上抬着一個人，有時還搭上小孩和行李，上下坡時，四條腿，步伐一致，舉步落脚，有節有拍，輕鬆得來，滿不在乎。因爲他們工夫到家，在上下不大陡的斜坡時，人在滑竿裏，眞有點飄飄然騰雲駕霧之感。不過有時當你正以「行雲流水一身輕」的心情，欣賞四週景物，或在瞑目養神時；突然，前後一聲大呼喝，把你由自我陶醉的幻境中喚回來，還來不及問發生了什麼事情，你已被他們連人帶轎往上一抛！這一刹那，可眞要把你嚇得魂飛天外。有朝一日回到重慶，有心臟病者，可要特別注意，注意重慶滑竿夫「換肩」這一絕招。唔！有趣的事還多着呢？有時，坐滑竿上下坡之際，你戴在頭上的帽子，或懷裏孩子頭上的帽子，以及你手中的皮包，大包、小包，一不當心，便不翼而飛。當時卽令你發覺妙手兒的去處，但滑竿旣不能停，又不能追，你心裏恨得咬牙，也只好一笑置之。

輕鬆幽默的滑竿夫

那些滑竿夫不但有一雙彈簧腿，而且頗富幽默感。記得有一次我和一個朋友，爲怕住宅中頭彩（中炸彈）把重要行李，送到郊區某中央疎散辦公處去。我們備了兩乘滑竿，下午二時左右由市區起程，一路叢山聳嶺，人煙稀少。天黑以後，我的心便開始卜卜跳，怕這怕那；在萬籟俱寂中，但聽到我前面的轎夫唱着說：「左邊明明亮。」後面的轎夫和着道：「玻璃鏡子大路上。」前面的又唱着說：「路上朶朶白荷花。」後面的和道：「脚下的荷花我不踏。」我心裏又急又怕，不知他們搗什麼鬼，我懷疑這是他們的暗語，他們要對付我們了！心上一緊張，我衝口而出說：

「轎夫先生」，（此時此地，我敢不稱呼他們先生嗎？）「你們說些什麼呀？」

「哦」！前面的轎夫先生笑起來，「我說左邊明明亮，是告訴他左邊路上有水，叫他小心別滑倒。他說玻璃鏡子大路上，是說他看到了路上的水，夜晚像玻璃鏡子一樣，亮光光的呢？」

「還有什麼朶朶白荷花呢？」我硬是不放心，傻俚傻氣追問到底。

「朶朶白荷花是說水像白荷花一樣，一小灘，一小灘，到處都是。他說脚下的荷花我不踏，是告訴我，他不會踏在水裏，……荷花不是長在水中的嗎？」

原來如此，我鬆了一口氣。試想想，在這寒風颯颯的秋夜，他們一身單衣袴，已超過整五小時沒吃東西了，居然能以輕鬆幽默的態度，來對付餓寒交迫的實況。這四位滑竿夫先生，眞不愧是司馬相如和卓文君的老鄉，多會對付痛苦的人生呀！我心上一陣輕鬆，對這四位轎夫先生同情和尊敬之感油然而生。可惜我這種感情來得太快了一點，我們大概是八時半左右到達目的地，在輕鬆愉快的心情下，我痛痛快快，除了給他們力錢」，還加他們一點酒錢，便叫工友把行李搬進去。覺得一切圓滿，今晚在郊外不怕警報，大可高枕無憂睡一場了。到了宿舍，檢點行李，天哪！怎麼我的箱子少了一隻呢？還偏偏是最好的一隻。裏面裝的也都是我自認値錢的東西。於是勞師動衆，又要工友去追趕轎夫，又求他們去報警查問，鬧得風風雨雨，結果呢？當然沒有結果。

可是當你靜下來想一想，對他們這種特技表演，就會憐憫多於惱恨了。「衣食足而後知榮辱，」這是聖人留下的名言。在政府西遷重慶之前，那兒社會一般現象，正是「朱門酒肉臭，路有凍死骨。」街頭巷尾，隨處可見衣不蔽體，面有菜色的人民。有些苦力脚夫，其衣不蔽體的程度，使一個女孩子不好意思和他面對面說話。有些丐婦貧婦，其衣不蔽胸的程度，較今日流行的太空裝，有過之無不及。記得一個風雨瀟瀟的午後，我和幾個朋友經過一道長堤，遠遠看到河上大批商船，被人用許多繩子拉着走。覺得有趣，想去看個究竟。誰知那幾十個拉縴的苦力，在寒風苦雨中，竟一絲不掛，彎着腰，拼着命，在一步，一步爬着走；口裏還嘀喲，嘿喲的哼着，這情景，眞慘不忍睹！而一般豪紳軍閥，生活之窮奢極侈，又簡直出人想像之外，他們的府第既堂皇富麗，美侖美奐，還愛附庸風雅，收藏古玩字畫，培植花木庭園，上清寺某川軍師長公館那片綠油油的高麗草坪，眞叫人恨不得倒下去打幾個滾呢！至於嬌妻美妾，賭博逍遙，更不在話下。爲了供給他們這種生活，據說國民政府未遷去那兒時，田賦已徵收到民國九十幾年，可謂荒天下之大唐！不過，國府西遷後，由於各種有效政策之實施，人民負擔大大地減輕了，就業機會加多，待遇加多，民間日漸充裕，人民生活就大大的改善了。久而久之，不但街頭巷尾看不到「慘不忍睹」的奇觀，連那些幽默透頂，身懷絕技的妙手兒，大概已另有高就，也不再到處表演驚人絕技了。

大街小巷茶館最多

四川人喜歡擺龍門陣，茶館一行，生意格外興隆。學校附近，工廠附近，娛樂場所附近，風景區，商業區，郊外的交通站，到處都設有各種不同形式的茶館。一切婚喪喜慶，生意買賣問題，都在這兒解決。茶館又兼賣酒，四兩白乾，三兩碟花生，香干子，油炸黃豆，三五人圍着一坐。酒香耳熱，便高談濶論起來。茶館也是小型社會的縮影，裏面形形色色，包羅萬象。當時，所謂文化人、學生、小公務員、小政客、民主小販，都喜歡坐茶館。坐茶館的目的是「談」，所費無多，可給你談個够。在不同的角落裏，有小情人的甜甜蜜談，文化人的娓娓清談，小公務員的窮談苦談，青年志士的慷慨而談，少男少女，一塵不染的肺腑之談，小政客、民主小販、小生意人勾心鬪角的恰談、商談。以及其他各種海濶天空，無所不談的亂談、雜談。大至國家大事，敵我形勢。小至兒女恩怨，夫妻反目，都在這兒談着。許多人生計劃，都從這兒開始，也有許多恩恩怨怨，在這兒宣佈結束。

也許，你認爲茶館生意如此興隆，重慶生活好逍遙自在。朋友，緊張嚴肅的場面在後頭呢，重慶，本有霧重慶之稱，自然煙霧迷濛，細雨濛濛的時候居多。可是陽光普照，萬里無雲的時候也不少，「蜀犬吠日」這句話，大有誇大其辭，騙孩子開心的嫌疑。煙霧迷濛，使人有如在夢中的感覺，久了，你當然希望看到金色的陽光。這一希望，可會給你帶來無窮的痲煩和苦惱。因爲陽光一露臉，高空就接着出現大得驚人的「紅球」，「紅球」一出現，就會把你今天整個計劃和生活秩序扯得粉碎。「掛上紅球了！」「一隻紅球！」「兩隻紅球！」無論你坐在辦公室，在家內，在課室，任何地方，天氣好時，隨時隨地，都會有人向你發出這個警號，這無異說；「閻王爺爺要來了，」祇好放下一切，去逃老命！爲了減少犧牲，提高人民的警覺性，當時重慶在各處高山上，和高的建築物上，都豎了很多長竿子，像旗竿一樣，遇有敵機窺探，便在高竿上懸掛一隻大紅球。敵機來了，便掛上兩隻紅球，並拉警報。敵機進入市區，便放下紅球，大拉緊急警報。拉了警報，敵機逃了，紅球也跟着放下來。所以人們的心，老跟着半空的紅球上上下下。日本原是一個勤勞的民族，在侵略人家的國家時，這種民族性表現得最爲眞切。

入洞爲安見機而作

遇到晴空萬里，月明如畫的好天氣，天空的紅球，日以繼夜，上上下下不知多少次。有時人在防空洞內，但聽到外面一片天崩地裂的重量炸彈落地聲，和鬼哭神號的高射砲迎戰聲，你的心隨着那些聲音幾乎要跳出口腔來！

眞不敢想，警報解除後，外面是個什麼樣的世界！那怕是煙雨濛濛之際，那些小心眼兒，也會來個出其不意的偷襲、突襲，使你猝不及防，防不勝防。還有無定期的疲勞轟炸一連若干天，朝夕不停來搗亂。疲勞轟炸一開始，各部門的工作都癱瘓了，人們只有在防空洞口出出進進，透透空氣的份兒。一般要人先生們，多數利用防空洞內朦朧的燈光，批閱公事，飲食起居就談不到了。除了辦公廳和學校，並不是一般家庭都有防空設備的。一般老百姓躲警報，總得跑上一段或遠或近的路，有時還得爬高坡，下深谷，所以警報聲一響，或解除警報時，市郊男女老幼，提箱帶包，背兒抱女，絡繹於途。試想日夜不息地這樣逃呀躲的，這種生活，還會輕鬆得起來？甚或躲了警報出來，正慶一家大小平安，好容易托着疲乏的身子回到家，天！家，已變成一片廢墟！也許這時正是午夜，你懷裏孩子正嚷喝、嚷餓，身邊的雙親，已搖搖欲墮，這種情景，你試試去接受？而每一次警報後，就不知多少無辜的人們，要去接受這種命運。至於骨肉傷亡，殘肢斷體等慘狀，更是不勝枚舉了。

記得那是一次嚴重的轟炸後，我聽說小十字一帶炸得最慘。趕着去看剛由桂林來，住在小十字某旅社的堂兄嫂和妹妹，趕到那裏時，一眼望去，我的心一直落到脚底！好像被人迎頭潑了一盆冷水，冷得我渾身發麻，那座旅社整個炸毀了！正是中的頭彩。旅社門前擺滿了一具具的屍體，好些人在認屍，我却呆在一旁，動彈不得。突然聽到有人在耳旁嗡嗡說：

「蟬，你也來了，我查看過，沒有他們，大概他們跑走了！」

我如夢初覺，轉過臉去，才發現我的表舅，原來他也是特地趕來看他們的。

「你要再去看看嗎？」他又說。於是他又領着我一具、一具從頭看起，地下到處是鮮血，有的血已變黑，乾了。那些屍體男女老小都有，有的少了一條腿，有的只剩半邊頭腦，有的失去整個下身，有的沒有手臂……我突然想嘔吐，並莫名其妙的哭了起來，哭得很傷心，眼淚使我的視線模糊了，我緊緊抓住表舅的臂腕，讓他領着我走，表舅不斷說：「不要看了，太慘了，我們走吧！他們一定跑走了……這裏不會有他們……」

我怎放得下心，堅持要仔細看下去……又看到一個炸去腿的年輕媽媽，懷裏還緊抱着一個嬰兒，她整個雪白豐滿的胸部都露在外面，嬰兒的臉緊貼在母親雪白豐滿的雙乳中間，小臉也是白白胖胖的，眼睛閉了，表情顯得安祥而甜蜜，好像眞是和媽媽一同去天國一樣……她一定怕孩子哭，趕着喂他奶……想用母愛去鎭定這稚小的心靈，免得他受到驚嚇……上帝呵！這一切爲甚麼？我再也支持不住了，雙腿一軟，但覺眼前一陣黑，幾乎跌在這母子屍體上。我一時哭得抬不起頭來，我哭，並不是光爲這母子，這一堆屍體，而是哭這件事實的本身，哭這個世界，……哭人性的醜惡，哭眞理的淪亡！使得東張西望的表舅大嚇一跳，以爲我發現了哥嫂他們。當他看到這母子倆時，竟也忍不住老淚縱橫了，他硬把我拖出來，他說：

「走吧，走吧，我們到旁的地方去打聽一下他們的下落，我認識這旅社的老板，你看，他正在指揮人們收拾殘局。」

我們走近廢墟，想問老板當時的情形，老板却正在向一個旁觀者大發牢騷：「殺千刀萬刀的小矮鬼！」他怒吼着：「老子才不在乎他，老子幾十年的心血，難道他一個炸彈，就叫老子完蛋了！你看，我檢點，檢點這些留下來的，再加點血本，三個月後，包你一座最漂亮的旅社，要在這兒開張。」

「不怕他再炸嗎？」不通氣的旁觀者，偏要洩他的氣。

「怕什麼？他敢！幾個月以後說不定他給自己開追悼還來不及哩！我不信老天爺眞沒有眼睛，讓這劊子手橫行到底……你不信，等着看吧！」

一眼看到表舅，老板又忙着招呼：仍舊是一幅生意人面孔，「你的親戚跑走了，眞是好運氣，我看到他們坐吉普車跑走的，請你順便帶個口信給他們，歡迎他們三個月後，再回來住。」

他望了望我，又向表舅說：「你看到那個小媽媽和孩子沒有？可憐，她丈夫昨天才去成都，她鄉下找了房子，還來不及搬，正在打擺子，跑不動……躺在床上，我叫人連被蓋把她包起來的……讓她抱着她的孩子一塊回老家吧……」

在回家的路上我一直想：爲什麼母親的腿都炸斷了，嬰兒竟一點也沒有受傷，還能保持甜蜜安祥的樣子呢？爲什麼這個小母親自己的腿都炸去了，還能緊抱嬰兒不放呢？這是上帝的慈悲？

還是母愛創造的奇蹟？

自由火炬無遠弗屆

由於外電的報導，自由世界許多人士，當時都以悲天憫人之心，來看重慶。認爲在日本人如此猛烈慘酷的轟炸下，重慶定成了一片可憐的焦土，焦土上的人民，定是懨懨一息，祇有坐以待斃了！重慶的國民政府，也已精疲力竭，窮於應付，這一場保土戰，再也打不下去了！一些外國記者，也懷着吊古戰場的心情，來到重慶。當他們看到市區廢墟上，新的建築物，有如雨後春筍般到處矗立，祇要警報一解除，一切生意買賣，以及機關、工廠、農村，各方面的工作，不但照樣進行，且較平時更積極，市郊的克難校舍內，照樣絃歌不輟，馬路上照舊熙來攘往時，那些洋記者，禁不住一齊翹起大拇指，洋腔洋調地，大叫「丁（頂）好！」甚而興之所至，在馬路上遇到中國人，便伸出毛絨絨的大手，將大拇指一翹，「頂好！」所以一些大街小巷的孩子們，看到藍眼睛高鼻子的洋人，便伸出小手向他一幌，把小小的大拇指翹起來，照樣洋腔洋調地「丁（頂）好！」對方也照樣回敬一番，然後相顧大笑。在那些幼小的心靈裏，還以爲「頂好！」是藍眼睛高鼻子的總稱呢？

重慶，當時有如自由女神手中高擧的火炬，無遠弗屆，照清了光明和黑暗的分野，也照清了莊嚴和醜惡的面目；點燃了每一個中國人心上希望的火種，也溫暖了萬千受難者痛苦的心靈，更堅定了每一個中國人抗戰到底的意志！重慶，當時也像聖地耶路撒冷，是人類自由和眞理的象徵。萬萬千千的青年人，老年人，男男女女，都以朝聖的心情由海外、由淪陷區，跋山涉水，冒着生命的危險，向重慶跑，有的甚至步行，走得雙脚皮破血流，也心甘情願。他們原是來吃苦的，來流血流汗，來將整個人生，作孤注一擲，投向祖國，來光復祖宗留下的錦繡河山的。因此，那時重慶一般人的生活儘管苦，大家都甘之如飴，沒有人抱怨，更沒有人想到逃避。

且有一些日本反戰份子，也冒險犯難來到重慶，贊助國民政府工作。如當時有名的日本作家鹿地亘夫婦等，約有六，七人在中央宣傳部，作反侵略的宣傳工作。除鹿地亘夫婦撥有住宅外，其他幾人都住在中宣部宿舍，與其他宿舍隔開，隣近女職員宿舍。他們的工作是對日本人廣播，並創寫一些反侵略文字，在自由世界地區各報章雜誌上刊載，或播出。他們幾個人住在一個大房間裏，室內好像除了收音機，還有發電機之類的工具，常常聽到裏面發出一些扎扎聲，極少聽到談笑聲，那些人的表情常常顯得嚴肅而冷靜。在中宣部同仁的同樂晚會上，有一次，他們也參加表演，有人跳一種類似探戈，但韻律不及探戈和諧的舞蹈，也有人吹弄類似簫而非簫的竹製樂器，長約一碼，我曾想起蘇曼殊詩中「風雨樓頭尺八簫」之句，不知是不是此物？還有三人的合唱……等。由他們所表演出的歌、舞、和樂器來說，都表現出日本民族一種無可奈何的悲劇性。

感染所及，使人心靈上有一種難以言說的，冷刺刺、悲淒淒的感覺。這或許是由於當時他們的心境使然。可是，抗戰勝利後，在上海，及來臺後，我聽過不少日本歌和唱片，總覺得他們所表現的情感，悲涼多於甜暢，激越多於雄渾。總覺得這個民族在文化方面缺乏一點甚麼，如「深厚」「樂觀」等氣質，這當然是個人粗淺的看法，不必管它。

且說那時中央西遷機構，多設在兩路口，上清寺一帶，中央黨部秘書處，在上清寺上清花園。中央組織部，和中央宣傳部的國際宣傳處，在兩路口巴縣中學。中央宣傳部，和中央訓練委員會，在兩路口的美專學校。國民政府，在國府路，後改為林森路。婦女指導委員會，在曾家岩的求精中學。西遷各大學則多設在郊區，中央大學、教育學院、重慶大學在沙坪壩。交通大學在小龍坎，後遷九龍坡。政治大學在南溫泉，復旦大學，國立編譯館在北陪……。無論在學校，在辦公室，在街上，在郊外，到處都是粗衣布服，精神飽滿的青年人，到處都洋溢着生命的活力！到處都瀰漫着蓬勃的朝氣！到處都看得出克難赴難的精神！到處都顯露出勝利的曙光！整個重慶，由市區到郊區都是熱烘烘，活騰騰的……。

咬緊牙關埋頭苦幹

每一次大轟炸後，隨着救死扶傷工作的進行，那些炸毀地區跟着就有人整理殘局。無分男女老幼，都咬緊了牙根，默默地工作着。不消多時，那些被毀的家，便在克難的方式下建立起來了，也許他們要遭受無數次毀家的命運，但他們決不聽命運的安排。有些丈夫出征了，太太立刻跑上他的崗位，接着他留下的工作。無論在戰區，在農村，在工廠，在任何工作部門，都有婦女在流血流汗。雖然當地老百姓，把由外省內遷的人民，稱爲「脚底下來的」，或「脚底下的人」，實際上和「脚底下的人」始終友好合作，絕無歧視。因爲他們知道，脚底下的人和他們站在一條戰線上，坐在一條船上，安危一致，命運相同，誰也不能把他們分開來……。

抗戰八年，政府首都設在重慶，一下子人口不知增加了多少倍，所幸政府施政方針正確，得到人民全力的支持。糧食年年豐收，兵源源源不斷。軍糧民食，從未短缺。另一半，也許是上帝的意旨，因爲八年之中，從來沒有遇到天災！

可是，和自由世界任何一個城市一樣，在金色的陽光照耀下，這兒並不是沒有暗影！嘉陵江和揚子江的大浪，浩浩蕩蕩，攤載着多少英雄豪傑！但嘉陵、揚子兩江照樣有它的暗礁和潛流，牽扯着主流的前進。譬如那些發國難財的，打歪主意，賣膏藥的，販賣精神思想毒物的……。但那些潛流暗影，總會被一種更強大的光明力量壓下去，或消滅掉。這種力量來自人民，尤其是青年人冷靜的頭腦，明辨是非的智慧，和擇善固執的道德勇氣。在鬧烘烘的環境中，青年人始終守住自己的崗上，讀書、服務、救國（從軍），從未發生集體的違法亂紀行爲，更沒演出過自卑自毁的兇殺，自殺悲劇。

抗戰後期，重慶一般大專學生，在政府的倡導下，也舉行過若干次大規模的「青年憲政座談會」，有一次在中宣部大禮堂舉行，指導人員有潘公展、康澤、郭沫若、茅盾等。一般大專學生，都多少看過一些書。慷慨而談，多數都入情入理，絕少偏激之論。雙方指導人員，壁壘分明，舌劍唇槍，辯論得非常熱烈。在一般大專學生發言後，要茅盾先說話，接着有人提出問題，茅盾說了幾句，又請康澤說話；康澤說，實施憲政是政府決策，但是要有計劃，有步驟的，非一蹴可得。青年人主要的，應該認識憲政的眞義，學習如何去實踐等等。因主席要潘公展說在最後，潘將說在他前面的郭沫若的論點批駁了一番，郭沫若惱羞成怒，責怪主席有意幫潘公展的忙，因爲說在前面的沒有機會批評後者，而後者却可批評前者，認爲他大欠公道，不够分量。使得全場空氣頓形緊張，一般大專學生，口裏雖沒說甚麼，心裏面對郭的看法，却打了一個大折扣。因爲他名氣相當大，在青年人心上本有相當地位，想不到他竟是一個毫無修養，動輒遷怒，心懷鬼胎的政客………！

轟轟烈烈的大遊行

在八年之中，那些大中學生，祇舉行過一次轟轟烈烈的遊行示威運動。那時抗戰已經勝利，一些機關學校，都沒有復員。是因爲蘇聯侵佔我東北，刼掠我重工業機械，並殺害我派往東北接收的工程師張莘夫等而發動的。當天並搗毀了蘇聯大使館的大門。那一篇示威遊行的宣言，尤其出色，眞乃字字金石，擲地有聲。一時到處傳誦，頗爲轟動。據云：出自中央大學某同學之手，傑作也。

婦女界的憲政座談會，是由婦女指導委員會的聯絡組長史良主持，那時她已過不惑之年，又生來高頭大馬，但仍喜着華服，濃裝艷抹，招搖過市。所主持的婦女憲政座談會，她總在事先來一番佈置，聯絡那些左翼婦女爲其捧場，並想控制會場，製造結論。以劉清揚爲其臺柱。劉雖口若懸河，滔滔不絕，但話無內容，每次都是借題發揮，自我表揚一番，好像預爲自己寫下墓誌銘一樣。好幾次被人駁得面紅耳赤，却始終大言不慚，我行我素。直到有一天，紀清漪來了，紀是紀曉嵐的孫女，和史第一次交手，便把她駁得東衝西撞，招架無方。狼狽之狀，令人發噱，從此，她便老實一點了。紀本學法律，學識淵博，頭腦清楚。說話層次分明，內容充實。一口京片子，音調鏗鏘，抑揚頓挫，絲絲入扣，句句入情入理，可圈可點。論辯才，當時的婦女界，她眞可升堂入室，坐第一把交椅。（聞她不及逃出，已在平被害，可嘆。）劉清揚和她一比，祇能算個罵街的潑婦。而史良，不過是隻藏起尾巴的狐狸，自作聰明，好出風頭的小女政客罷了！後來她發覺她所主持的婦女憲政座談會，不但不能隨她心之所欲，發揮一些作用，反而像面照妖鏡，使她原形畢露。露出了尾巴，那些純潔的女青年，誰還肯與狐狸為伍呢？她一氣之下，就讓它無疾而終，不聞不問了。

數帆樓頭夕陽歸舟

話又說回來，作為戰時首都的重慶，當然充滿了政治氣氛，和戰爭氣氛。你如果想換個環境，輕鬆一下，不妨去北溫泉或南岸走走，北溫泉臨江，江邊有「數帆樓」。在數帆樓頭一站，看着那一艘艘，張着白帆的帆舟，飄然而過，你不免悠然神往，想起許多一去不復還的往事，友誼、親情，江的盡頭的家鄉，以及兒時的點點滴滴……忍不住要滴下幾點清淚，發出一聲嘆息，唉！人生……。

可是，這一點兒輕愁，這一縷淡淡的惆悵，也不會把你纏得太久。祇輕輕地，冲淡了市區加給你那份沉重之感罷了。何況，那些暖人的溫泉，在你耳旁嘻笑、歌唱，片刻不停；還配上後山的鳥語，甜蜜溫柔，怎麼會讓你老愁下去呢？

至於南岸，包含更豐富、雄偉、幽深、輕盈、淡遠，兼而有之。去南岸要由朝天門過江，當你在朝天門碼頭上一站，放眼看去，那滔滔滾滾的江水，可把你怔住了。你瞧，揚子江和嘉陵江兩條水，正在這兒滙合，過此兩江就合而為一了。兩江相合處，一線中分，一邊是碧波滾滾，一邊是黃浪滔滔，幾千百年來，波濤激蕩，始終清者自淸，濁者自濁，沒有混合，不知是不能混合呢？還是它們各不相讓，不肯溶合？眞是一個有趣的問題。

好些外江內遷的家庭，定居在南岸黃桷椏。山谷山腰，疏疏落落地，點綴着竹籬茅舍，你一路走去，小橋流水，古樹修竹，似乎都在向你這個城市中的忙人，欣然微笑，似歡迎，也似諷刺。好風拂面，恍聞鷄犬之聲，此時此景，你能不想起陶淵明的桃花源記？尤其在暮春三月，黃桷椏山腰上那一片桃林，紅艷欲活，你怎禁得住自己，不去吻吻、聞聞，自我陶醉一番？

至於黃山，更是雄偉幽深兼備。黃家花園有梅樹萬株，新春伊始，便滿樹滿林的開滿了。朵朵枝枝，隨風起浪。那一片紅艷艷的波浪，蕩漾在你的週遭，載沉載浮，你浮沉在香雪海裏，香雪海也浮沉在你的懷抱中，心窩裏！使你的心脹得滿滿的，充滿了香，充滿了美，充滿了清新之氣。却沒留下一絲，一點的空地兒，給俗念、雜念，或狂妄之念。

萬家燈火倒映江上

如果是夜晚，你在黃山的山頂上一站，放眼望去，兩江合抱的重慶市，燈火輝煌，恰像一頂鑽石王冠，在雲霧中閃閃發亮。而揚子、嘉陵兩條大江，正像王冠上飄蕩着的兩條佩帶，益增其華麗。

可是擦擦眼睛，再望過去，哈，夜的重慶市，多像一顆深具磁力的「心」呀！憑它那股騰熱騰，活蹦蹦的勁兒，吸引了萬萬千千的心在它的「心」上閃動。各色各樣的心，都在它的吸引凝結中，閃亮、放光、發熱！在它上面跳躍、震盪；震盪、跳躍，刹那間，那萬萬千千的心，都溶合為一了！一顆心，閃發着萬顆心的光和熱；照耀大地，改變了山川的顏色，也改變了宇宙的顏色，那最亮最美的顏色呀，我却不知如何去形容它了……

它倒映江上，迷離恍徜，那就更接近夢，接近詩，接近最美妙的希望了！它挑逗着你，戲弄着你，有時像近在你眼前，有時又像遠在天邊。你抓不着牠，碰不到牠，牠却在你面前活動着，嘻笑着，哭泣着。不，是在你心裏，像一隻小指頭，在你心靈深處搞動着，輕扣着你情感的門扉，撥弄着你創作的心弦，你受不了了，於是想大聲唱點什麼，輕聲哼點什麼，胡亂說點什麼，或孩子似的就在山頭跳幾跳。總之，你的創作慾被它搞動了，需要發泄、發泄了！也許，是它把你的靈感激動了！它使痲木的你復活了！整個宇宙都震動了！

南溫泉風光如畫

至於南溫泉那一灣照眼欲迷的綠水，我不知是不是嘉陵江的支流。眞說得上兩岸風光如畫，有青翠欲滴的修竹，有逢人便笑的野花，更難得，是那些奇形怪狀的懸岩，懸岩上長着怪模怪樣的枯條古樹。有些岩石縫裏突地鑽出一枝古木來，向上直伸，似乎想一手擎天。也有些怪木，一出岩縫，就直往橫衝，到了樹梢，才垂下一枝來，直達江面，大有姜太公釣魚的姿態。還有些似籐似樹的東西，又乾又瘦，却又軟兮兮的，由岩石縫裏，一叢，一叢地爬出來，垂在岩面上，隨風飄動，活像老翁臉上的鬍鬚……。你如果駕一葉小舟，在這一灣碧波上蕩漾、蕩漾，或在這兒釣釣魚，游游水，可眞如入仙境，如在故鄉呢？

唉，故鄉，那些脚底下來的人，在重慶一住那麼多年。什麼艱難困苦的滋味沒嚐過，那一天不想歸故鄉。打回去，飛回去，走回去，那怕是爬回去，不管任何形式的「回去」，祇要趕走了敵人，無論怎樣回去都好哪！天天希望回去，一切的努力奮鬬，都是爲的要回去，可是轟然一聲巨響，日本投降了！接着勝利之聲，砲聲、鞭炮聲、鐘聲、鼓聲、磬聲，各種歡聲，響徹雲霄，充滿每一角落時，一陣歡欣鼓舞後，大家在大門口一站，望著那些臺梯式的建築，竹籬茅舍的克難小院落，曲折幽深的小巷，那些遠山近水，音樂般響動的溫泉，野樹蒔花，自己雙手所經營的小窩，和那些來來往往，够聰明精幹，能吃苦耐勞，愛擺龍門陣的老百姓，可眞不勝依依呢！

聊可安慰的是，大家擠在這兒這麼多年，不但沒有把重慶地方吃窮，社會搞亂，反而使地方富裕了，人民的生活改善了，社會的秩序井然了，日本炸了幾年，重慶的市容却較初來時，更整齊美觀了！廢墟上各種不同形式的克難建築，陪襯着市中心昂然獨立的精神堡壘，說明了一切。

值得同情的，是那幾個日本反戰作家，儘管他們恨他們的軍閥，恨他們犧牲國人的生命財產，發動這不義的戰爭。而不惜出走，來到重慶，幫助我們政府，來反抗他們自己的政府。但當收音機播出日本天皇的演詞，宣佈日本無條件投降時，他們竟忍不住放聲痛哭，口口聲聲說：「可憐的天皇！可憐的同胞！」在勝利之夜，整個重慶，都在如狂如醉的歡欣中，那幾個日本人，却躑躅街頭，直到天亮！第二天回到中宣部，一個個面如死灰，我們儘管同情他們，又有什麼話可安慰他們？亡國之痛，又豈是言語所能安慰？

今天，日本又很像的在廢墟上站起來了！回首前塵，宛如一夢，三十年來，祖國河山，幾度變色，人世滄桑，不堪回首。我回憶中的重慶，和現實中的重慶，想必完全兩樣了！不能想！不敢想！

重慶大火記

這是二十餘年前的往事了！

略一凝眸，一切情景，都宛如昨夜：

「火，火，火燒起來哪！」這可怕的呼號，好似來自天空，又好似來自我的心上。接着那些哭聲、喊聲、房屋的倒塌聲、爆炸聲，一切恐怖的、裂人心魄的聲音都響過來了！

夢，這眞是一場惡夢，令人永生難忘的惡夢！

最難忘是多難，在這場惡夢中，曾使我們痲木的情感復甦的小小生命，她現在那裏？她那長而濃密的睫毛，大而明亮的眼睛，那雙會嗔、會喜、會說話的眼睛，和翹起小嘴撒嬌的神情，每一凝思，都活生生地回到我的眼前來。唉，可憐的多難，你出一場惡夢中醒過來，難道又跌落到另一場惡夢中去了，否則，爲什麼一點消息也沒有？

算一算，那是民國廿八年，中華民國宣佈抗戰後的第二年。上海、南京、武漢相繼失守後，許多機關、學校、工廠、以及眷屬都由各地陸續來到這戰時首都，重慶。好些人都還沒有定居，暫時住在城中區的旅舍裏。我也剛到重慶，寄居在幾位大姐合租的城中上大樑子，某家醫院的地下層。記得那是五月三日的深夜，整個重慶市，都在喧嚷、奔波後的極度疲乏中沉沉睡去了。突然，一陣驚心動魄的警報聲，把這個沉睡中的城市震驚了、搞翻了、搞得天翻地覆了！

「火，火，火燒起來哪！」有人在狂吼。

接着是哭聲，喊聲鬧成一片。

「糟糕，附近失火了！」我一驚而起，還有點迷迷糊糊，扭開電燈，但聽到外面百聲雜響，有如萬馬奔騰。

余大姐跑過來氣急敗壞的說：「快，小妹妹們，各人快快收拾細軟，我們快快逃吧，到羅家灣去，幸得在那兒看好了一所房子，日本鬼扔下了大量燃燒彈，到處燃燒起來哪！」

我胡亂收拾了一下，背上背了一個包袱，一隻手提了一口箱子，踉踉蹌蹌，跟在她們後面爬上樓梯。因爲我們住的是地下層，要出門去，先上樓梯。走出大門一看，電燈突然全部熄了。滿天通紅，東一個火頭，西一個火頭，四面八方都燃燒起來了。滿街是人，男女老幼，在火光照耀下，像一道五光十色的海浪、滔滔滾滾……。

我們一個緊挨着一個，衝進人潮裏，推着、擠着……

煙火像海水一樣，由四面八方蔓延過來；人潮越來越洶湧，像決了岸的海濤一樣，到處亂衝亂撞；馬路這一頭的往那一頭跑，馬路那一頭的，又往這一頭跑，狼奔豕突，不知如何才能衝出火網。

「往朝天門跑，往朝天門跑，過江去，到南岸去！」人群中，有人怒吼着，提醒亂跑亂撞的人群。

「往菜園壩跑，往菜園壩跑呀！」又有人發出口令。

「不行哪！前面燒起來了，過不去哪！」走在前面的，又往後面退回來。

「後面的房屋倒塌了，去不得哪！」往後頭走的，又往前面擠回去。

我們本已約好，一個緊接着一個，免得被衝散。可是身不由己，一會被人潮推向前面，一會又被擠了回來；推來擠去，也不知過了多久，我以為快到朝天門，前面的房屋着火了，強烈的火光照耀下，我定睛一看，原來還在上大樑子，隔我們的住宅不過幾條巷子。天哪！我差點哭出來。

火光越來越近了，越來越強烈了。它毫無情義的向人群掃射過來，向建築物伸展過來，在它強烈的光焰照耀下，人們的臉都變了型，歪歪曲曲的，紅一塊、黑一塊的，像是地獄裏逃出來的魔鬼，變得非常可怕了！濃厚的煙霧也漫淹過來了，有人被嗆得大咳、大叫，人群中，不斷傳來哭喊聲：

「媽媽呀，妳在那裏？」

「我的兒呵，娘在找你哪！」

「那個沒心肝的，把我的么兒踏壞哪！」

「觀音菩薩，救苦救難，造了什麼孽呵！」

天愁地慘，鬼哭神號，火從天上來，往那裏跑？逃到那裏去？

「不被燒死，也差不多了。」我想，「早知如此，不該跑，索性躺在床上等死，還死得痛快些。」渾身被汗水濕透，我精疲力竭了。

突然，有人拉住我的手腕直往外拖，「往這邊走，跟我來！」

我聽出是王姐的聲音，鬆了一口氣。好容易被這位大力士拖出來，一雙手提了兩口箱子，跟着她一拐，一拐的走，覺得雙手和雙腿都快斷了。

原來就在我們住的房子不遠處，她們發現了一條下坡路，那是向我們的房屋背後下去，那條坡路既不寬，又不平，歪歪斜斜的長得很。人潮像水一樣向下奔流，警察在高聲叫喚，招呼人潮這樣走，那樣走……。

叫爹呼娘之聲不絕、房屋的倒塌聲、爆炸聲、救火車的鬼哭神號聲，各種裂人心魄的恐怖聲都傳過來了。

「這眞是世界的末日，人類的末日，眞理的末日！」我想。

「下面就是長江，到了沙洲就安全了。」王姐說，「現在我們還得加快，怕兩邊的房屋倒塌下來！」

有一個女人坐在斜坡路旁哀哀的哭着，一面哭、一面訴，說她的兩個孩子和丈夫都失散了，她一個人也不要活了，要坐在這兒等火燒過來。有人大聲叫她走開，否則要被踏死。王姐硬把她拖起來，和我們一起走，後面人潮一陣擠，我們幾乎翻滾下去。到了坡下，那女人又坐下來哭，硬是不肯跟我們一道逃。「別哭哪，」王姐說，他們一定也在到處找你，你就在這兒等他們吧，祇好由着她，趕我們自己的路。

沙洲上居然還有苦力脚夫待雇，我們雇了兩名脚夫，由王姐和朱姐押護，我把兩口箱子交給他們，把背上的包袱解下來，用手提着，輕鬆多了。

沙洲上，又形成一陣人潮，不過比街上的人潮鬆散多了。我們雜在人潮中間，沿着河流走去，舉首望蒼天，天空也着火了，紅雲翻飛，煙霧騰騰，星星、月亮、靑天，一切美好的，可愛的自然景物，都被暴火掩蔽了！滔滔滾滾的揚子江，也被火光染紅了，照亮了，建築物被火龍吞噬的倒影，和着天空燃燒的雲層，一同在江心震盪，煙霧也瀰漫過來，在江面飛揚……一江的火，一江的血，一江的愁雲慘霧！人影幢幢，在火光、煙霧、和血影、波光中，一會兒出現，一會淹沒，好像萬萬千千的生命，被火神吞了進去，又吐了出來，吐了出來，又吞了進去！

瘋狂、恐怖、死亡、毀滅，像空氣一樣充滿四週，滲透你每一根神經裏面。……

走着，走着；慢慢，慢慢的，岸上的火光不及以前强烈了，爆炸聲也較稀疏了，大概已近市郊，人聲靜下來，人們的生命活力已經衰弱了，神經系統已經麻木了！各自悶聲不響，在散落的人群中，麻木地蹣跚着，蹣跚着……。

「咦，呱！」突然，我彷彿聽到什麼聲音，來自近處，細細的，柔弱的。

「奇怪」，我低下頭，四下尋找，就在我的附近，有一個紅色包包，難道那是聲音的來源嗎？我走近去，仔細一看，不禁大吃一驚，孩子，我把手放在布包包上試試，它一動也不動，「活的，還是死的呢？」

我於是放下手中的包袱，將它抱起來，「咦，咦，」它又發出細細的聲音。

我一陣興奮，心跳不已。抱着它跑到亮光處一看，它的小眼睛張開了，亮光光的呢，「哈，」我由內心發出一聲歡呼，在一片死亡和毀滅聲中，我居然得到一個小小的，新的生命。

興奮一陣後，我又猶疑起來，「他的母親呢，是誰把她放在這兒的呢？」於是，我抱着他跑到人群中間大聲叫：

「那個的孩子？這是那個的孩子？」

有幾個人望了望我，都不出聲。有些祇顧走自己的路，根本不理睬我。我抬頭一看，糟了，大姐們已經走得看不見了，我抱着孩子跟在人群後面趕、好在大家沿着河邊走，沒有第二條路，不怕散失。走了一陣，我又站住大聲的叫，「誰的孩子，有人失了孩子嗎？」

還是沒有人來認領，眞要趕不上她們了，於是我抱着孩子開始跑步走。因爲有另一條生命在激勵着我，我失去的生命活力似乎又回來了，求生慾比前更强烈，渾身的細胞重新活躍起來，勁來了，拚命趕了一陣，又停下來大喊：

「這是那個的孩子？那個的孩子？」

始終沒有得到反應，我想定是孩子的爹媽不要她，有心丢在那裏的，孩子太多顧不了吧？我也懶得費勁喊話了，一心趕自己的路。突然發覺懷裏一點動靜也沒有了，趕忙將臉靠近那小小臉蛋試探着，還好，仍有微弱的呼吸。放心了，我放慢了脚步，實在太累了，已有好些人坐下來休息，我問身邊一位老先生說：「你知道這是什麼地方嗎？」

他搖搖頭說：「我什麼也不知道，我的房屋財產都完了，兒子、媳婦、孫子們也找不到了，我坐在這兒等死。」

我又問另一位背着孩子的少婦：「請問你知道觀音岩下的羅家灣往那裏走？」

她有氣沒力地，「我們也要去那裏的，我的老板知道怎麼走。」

這時，她身邊的男人正把一個瘦小的老婆婆由背上放下，老太婆突然哭起來；

「你們走你們的，讓我回去，我要回去和老頭死在一塊，他一定死了，我一個瞎老婆子活着幹什麼？讓我回去，讓我死！」

「媽媽，你別急哪，爹一定跑出來哪！」他的兒子一面勸她，一面自己用手臂揩眼睛，「我們先停下歇歇吧，歇一陣，把你們送到羅家灣，我再回去找爹！」

我決定和這一家一同走，不再趕她們了，放心坐下來和他們一同休息。

火光漸漸淡了，江上浮起一片淡紅帶青的煙霧，連接沙洲，沙洲上一片昏黃，大家靜靜的坐着，等待明天，

就這樣靜坐着，等待着，也不知過了多久，突然有人打破死寂：

「天快亮了！」

眞的，天邊已閃出一片白光，那片鑲着青灰的白光慢慢擴大、擴大、漫延、漫延；幾度被青灰糾纏着，扯扯拉拉似的，亮不出整個面目，終於，一翻身似的，把靑灰全壓了下去，一片亮光，由它閃動、掙扎中亮相了！

「天亮了！」大家鬆了一口氣，好像由一場惡夢裡醒過來，迎着矇矇的曙色，又一同開始

「逃」。回顧岸上，殘餘的暴火，尙在團團煙霧中，幌着崢嶸的笑臉！天知道，這一燒，多少人失去生命？多少骨肉陰陽永隔？多少生靈流離失所？多少人的房屋財產化爲灰燼？

再向江面望過去，煙霧漸稀，水天相接處，已浮現出一抹黛青，在雲霧中浮動着，掙扎着，漸漸，漸漸的，大小山峯，像是大大小小的頭顱，由雲霧中伸了出來，還沒昂起，又低了下去；是不忍見這殘暴的一幕，還是低首向上蒼默禱，爲這一城老弱婦孺請命呢？

幾度低昂，大小山峯，終於突破雲霧伸出頭來了，「黑夜總要過去的，雲霧總要散開的，有如此峯，我們總有出頭的一天，」我心裏說。突然，熱淚如泉湧，「孩子，」我低下頭，細聲告訴懷中無知的小生命：「我們永遠記取這一幕！」

明亮的青天，又開始沾染了桃色，桃色又慢慢轉濃，今天，又將是一個陽光普照的大晴天。我的心又開始卜卜跳，使出所有的精力來加快脚步，摸到羅家灣住宅時，已是早上七點半了。佘大姐在大門口迎着我，張大了眼睛大聲說：

「阿呀，你可把我們急死了，怎麼現在才摸回來，還有兩個呢？」

「我不知道，還有誰呀？」

「你不知道？我的老天，你懷裏抱的什麼呀？」

「小囡，好可愛的，」

「小囡？好可愛的？」她的眼睛張得更大了，走近我，向我懷裏仔細打量着。「天哪！」她瞪我大聲說：「我的好小妹，你怎麼把個死孩子拾回來！」

「活的嘛，」我有點不高興說，「怪可愛的呢，」再看看懷裏的孩子，糟了，怎麼不動、不響、也不張眼睛了！

「什麼活的死的？」這時在忙着整理房屋的幾位，都放下手中的工作圍攏來，王姐把孩子抱過去，在懷裏輕輕搖了幾搖。

「咦，呱！」她居然又發出那柔弱的，可憐的哭音，不過還不肯張開眼睛，好像故意逗我們似的。僅這一縷餘音，已比天上的音樂更美，更使我感奮。「我說是活的嘛，」心裏一高興，我大聲否定了余大姐的武斷。

余大姐望着我笑笑，又向王姐懷裏的孩子端詳了一會：「可憐，一息奄奄，來到這苦難的人間，不過兩三個月吧，這兒，除了我這個大媽媽，都是沒有出嫁的大姑，小姑娘們，誰有奶水喂他，他怎麼活得下去呢？」

「先給他喝點水，讓他好好睡一覺再說，以後的事誰知道，太陽又出來了，說不定一會鬼子就來炸……」王姐說。

於是大家放下行李，房屋不管，圍攏來爲小東西忙着，用小茶匙給她喝了一點水，又鋪好一塊地方讓他安安靜靜的睡。沉沉的睡了好一會，眼眼張開了，好大，好亮的一雙眼睛，活靈靈，烏溜溜的。長長的睫毛又濃又黑，大家禁不住齊聲發出驚嘆，覺得有生以來，從沒看過這麼美，和這麼可愛的嬰兒。同居的汪老太太也來了，自告奮勇的擔任爲她洗澡，和帶着睡這一份最麻煩的工作。她給她喝了點牛奶，又給她洗澡，用一塊乾淨白布包出來時，她竟對這一堆陌生面孔微微一笑，這千金難買的一笑，有如一陣和風，將大家被這一場暴火引起的憤怒和疲勞都一掃而光了，一齊跟着哈哈笑起來，從這一刻起，她便成了我們大家的寵兒，牛奶、豆漿、魚肝油，花花朵朵的衣服，搶着供應。並給她取名多難，以誌火海餘生。又派定我負責抱她躲警報，因爲是我抱回來的，在這臨時組合的大家庭裏，我又最年輕，當然義不容辭。在這一段最苦悶的時期，我們都把她當作開心解悶的小天使，閒下來，便抱着她胡亂說說笑笑瘋一陣，這也算是烽火中一段有趣的插曲。

話說另兩個沒有及時歸隊的莊姐和我小妹，在上大樑子走出大門，被人潮一擠，便和我們失去聯繫。我們到達沙洲點查人數時，余大姐近視，硬說她倆走在前面去了。她倆却始終在人潮裏擠來擠去，硬是擠不出一條活路。兩個大胖子，實在走不動了，一氣，雙雙摸回原來住的房子裏，睡在床上，聽候上帝安排。居然有個大膽的樑上君子，想趁火打劫，發一筆橫財。摸到我們的住處，還沒動手，聽到有人說話，大概他以爲是鬼吧，嚇得連跳帶滾，狼狽而逃，又不愼由樓梯上摔下來，跌得喊爹叫媽，大呼見鬼而去。床上的兩位，本已嚇得半死，遇到這幕活劇，又忍不住放聲大笑。後來索性放膽睡去，直到天亮。她們覺得自己居然大難不死，必然後福無窮。於是從容弄了早點吃，還將我們丟下的東西，胡亂收拾了一下，叫人挑了兩挑來。原來我們住的房子，樓上着了火，却沒燒到樓下來。

她們走出大門，一路殘牆斷瓦，血肉糢糊的慘狀，小妹就受不了，她一面哭，一面吐，還一面發抖，據說：最可怕是有些電線桿上和樹枝上，掛着人腿或人頭，女人的長長頭髮在樹枝上飄蕩，肉身却不知去向。焦土中，横陳着燒焦了的男囡、女囡，簡直比遊十八層地獄還恐怖。後來小妹祇好緊閉着眼睛，由莊姐牽着走，一到家，就放聲痛哭！而且哭個沒完，想想又哭，想想又哭……。

可憐的多難，火海餘生，在這臨時組合的大家庭裏，被大家寵愛着，縱容着，由奄奄一息，而强健活潑，過了一陣甜蜜快樂的時光。後來因爲這臨時組合的大家庭的成員要各奔前程，而且羅家灣的住宅，也一再被炸彈的威力波及，牆倒瓦飛，修不勝修。無可奈何中，大家祇好宣佈拆伙，把多難暫時交給汪老太太撫養。汪老太太中年喪偶，膝前一兒一女，女兒燕大畢業，在美大使館工作，兒子正在中大唸書，他們一家準備遷到小龍坎去。汪老太太以生活寂寞，要求撫養多難，大家覺得一切條件都適合，祇好割愛。抗戰勝利後，汪老太太一家回到天津，我在上海救濟總署工作，還收到過她一封信，內附一張多難的照片，沙洲上小包包裹的嬰孩，已長成一個小姑娘了！頭上打了兩條小辮子，一雙大眼睛，滴溜溜的在轉動着，好像訴說甚麼，小嘴嘟嘟的翹起來，正在撒嬌哩，眞可愛極了。汪老太太在信中說：多難已進小學，功課好、會跳、會唱、會說、也很聽話。可是，好像患了一種似夢遊的毛病，常常會從睡夢中一驚而起，自個兒滿屋子亂走，第二天問她，她什麼都不知道。汪老太太很着急，正請精神科醫生爲她診治。

上帝呵，難道這一場惡夢，影響了多難的一生，使她的精神和健康，失去平衡？來臺後，我一遇機會，便探聽汪老太太和多難的消息，始終沒有結果。可憐的多難，我把你由一場惡夢引出來，難道、殘酷的命運，又使你跌入另一場惡夢中？否則，爲什麼一點消息也沒有？

佳偶天成

這故事發生在抗戰時期的重慶。

記得那是一個微微細雨的週末，我與高彩烈，穿上剛完成的克難新裝，和綉文一同走出竹樑混泥灰牆，稻草蓋頂的女職員宿舍，在宿舍前那方小陽台上一站，綉文側轉頭，打量着我混身上下，眉毛一揚說：

「哈，好俏」

「可惜俏不過妳，」我回敬她，也由衷欣賞她的克難傑作：天藍色底子，大朶，大朶連莖白荷花土布旗袍，套上由長大衣翻改的藍呢夾克，看起來好典雅脫俗呀！

綉文微微一笑，「眞是神來之筆，」她亮着特大號眼睛，凝視着我的錢包，意味深長地說，

「什麼時候把棲霞山的紅葉偷來了呢？」

「在夢中，」我說：「我常常夢到棲霞山摘紅葉，在玄武湖划船採蓮花……」

「好可愛的夢，」綉文的大眼睛裡漾着情感的漣漪，「上棲霞山摘紅葉，在玄武湖划船採蓮花，這是詩呀；現在我們兩人走在一起，不正是夢裡江南的風光嗎？夢到江南，多好的詩題，來首打油詩吧！」雖是說笑，綉文的眼睛却暗淡了！

想到江南，想到棲霞山和玄武湖，現在成了什麼樣兒啊？口裡沒說，大家心上都有點黯然。我們一面說笑，一面爬上中宣部大門前那道斜坡。

被綉文稱爲神來之筆的，是我的克難錢包上的三片紅葉，配上綉文的藍底白荷花土布旗袍，所以綉文描述爲夢裡江南的好風光。我將翻改大衣剩下的呢料做了一只小錢包，錢包一角，用紫紅毛線綉了三片紅葉，這三片紅葉，不但冲淡了黑大衣的陳舊氣氛，也點綴了季節和自己的姓氏；用舊毛線織的手套，也在邊緣口問了三道紫紅毛線，整個配起來，旣調和，又別緻。而這三片紅葉，却有畫龍點睛之妙，綉文稱爲「神來之筆，」良有以也！

綉文是我的中學同學，原是位嬌滴滴，林黛玉型的人物。現在我們又一同在抗戰陣營中的中央宣傳機構工作，抗戰已進行到最艱難困苦的階段，我們每月的薪水，除了付伙食費，買點牙膏肥皂之兩類的日用品，已所剩無多，個人生活，能够每星期補充一兩碗牛肉麵，增加營養，一個月看一兩次電影或話劇，就是最大的享受了。那時我還拖着一個讀初中的孤妹，一個讀小學的孤姪，在沉重的負荷下，不時將家裡帶出來的一些近似奢侈品，送進拍賣行，來貼補，貼補。這些東西都能很快脫手，所以我始終沒有陷入困境。生活儘管苦一點，大家都很快活。滿懷希望和信心追求勝利的明天。四人一室的女職員宿舍，在坐臥兩用的竹板床不時發出唧喳的動搖聲中，常常混和着柔婉動人的抒情調，和歡欣鼓舞的大合唱；每一個女孩子，都可當選克難英雄。不但衣服由裡到外都自己做，而且破舊了翻面修補，毛衣破了拆來重織，幾件舊行頭，總把它翻來改去變花樣，我們究竟是女孩子呀，在可能範圍內，總希望打扮得像樣一點。

為了參加今天歡迎友邦某重要人物的酒會，我和綉文曾熬了好幾個夜晚，發覺自己的頭腦和雙手，竟能克服萬難，創造奇蹟時，眞有點飄飄然呢！望着嬌滴滴的綉文，昂頭挺腰的，邁着快步爬上那道斜坡，我忍不住笑說：

「瞧妳這樣兒，可上前線衝鋒陷陣哩！」

「何必上前線，馬上就要衝鋒陷陣了。」綉文回頭一笑，「妳再蓮步姍姍，趕不上這班巴士，我們要遲到了。」

當年重慶乘巴士要排長龍，和今日臺灣的情形一樣。我和綉文擠在長龍中段，前呼後擁的上了車，我好容易站穩脚步，正想掏錢買車票時，天哪！我的錢包呢？我一時驚慌失措，忍不住叫起來：

「綉文，我的錢包呢？」綉文被擠得還沒有匀過氣來，「妳不是挾在腋下嘛？」

「現在不見了嘛，」

「糟了，」平日嬌聲嬌氣的綉文提高了嗓子，「司機，請你停車好嗎？我們的錢包不見了，有人拾了一隻女用錢包嗎？」

車上的秩序更亂了，大家七嘴八舌，聽不清嚷些甚麼，總之，各人自顧不暇，無暇顧到我的錢包。

「我的錢包是黑色的，上面有三片紅葉，那位看到嗎？」我氣急敗壞的嚷着。

司機那裡管得了那麼多，車子照樣向前跑，站在我附近的一位太太說：上車時看到我挾在腋下的，怎麼會不見呢？我自己根本說不出所以然來，我的錢包好像張了翅膀飛去了，飛得無影無踪了。我一團高興，換得滿懷懊惱。參加酒會回來，我兩袖清風，不知這個月的日子如何打發，今天才一號，昨天所領一個月的薪水，全部報銷了！

不特此也，祖母，母親給我的翡翠和猫兒眼石戒指，祖父自己替我刻的鷄血石圖章，二哥送給我的派克自來水掛筆，筆頭上面還有一條小小的金鍊。還有我的手錶，我因爲怕帶在手上被扒手拉掉，特地做了一只小小的絨布口袋，每次出門，都把它放進小袋裏，再放在錢包裡，以便隨時取用，不會弄壞。現在都和那詩意盎然的錢包一同完了！報警吧，有什麼用？懊惱萬分中，忽然想起我那幾張拍賣行的寄售單也放在錢包裡，說不定扒手要去領東西呢？心裡一急，來不及整裝，就忽忽跑到兩路口拍賣行，幸得東西還沒被人領走，掛了失，告訴老板如果有人來領東西，請一面敷衍他，一面立卽派人通知我。因爲這家拍賣行離我們辦公處很近，我和幾位女同事成了他的老主顧，大家很熟了。他當時滿口答應，其實，這也不過是萬分之一的希望，那有這種傻瓜扒手，來自投羅網呢，可是世界上有些事情，竟會常常出人意外。

大約五天後，在一陣下班鈴聲中，我隨着同事由辦公室向飯廳走去，經過前面那片院落時，正迎着直奔而來的門房老王，老王急急忙忙的叫着我說：

「葉小姐，兩路口那家拍賣行來人了，要妳快快去，快快去……」

「好呀，有苗頭了，」走在我後面的綉文說。我們快去吧…快…也許你命裡不該「在渝絕糧」……

趕到兩路口香港拍賣行，一眼望去，我怔住了，和拍賣行老板在爭論的是位風度翩翩，神氣十足的港派人物！年齡大概三十左右，一身咖啡色洋毛呢西服。凹凸花紋的透明塑膠底咖啡色紋皮鞋，咖啡色公事皮包，都是最時新的港貨，看來又洋又濶。穿這種服裝的人物，在當時的重慶眞太少了。我們的突然光臨，似乎使他一怔，爭吵暫時停了下來，大概他也和我同樣的運氣，東西被人冒領了，我想。可是扒手呢？扒我錢包的扒手呢？我正想發問，那位濶人以不屑的眼光瞄了我和綉文一眼，搶先開口了；他臉一沉，衝着老板說：「喂！查淸楚了吧！東西究竟賣出去了沒有？要嘛，拿東西來，要嘛拿錢來，我很忙，不能老在這兒浪費時間！」

老板微微笑了一下，漫條斯理的說：

「當然，當然，不過這些東西是這位小姐送來的」老板指着我說：寄售單上也是她自己的名字，她是我們的老主顧，你們當面說淸，我一切照辦。」

這是怎麼回事呀！我當時眞有些莫名其妙，難道他……

「這兒不是明明寫着憑單不認人嗎？你怎麼不懂法律，亂來！」這位貌似佳公子的人物似乎氣了，提高了嗓門。

我鼓起勇氣說：「你那寄售單是那裏來的呀？」

他壓根兒不理我，却向老板瞪眼說：「你是怎麼回事呀？你！」

老板似乎突然一怔，眼睛望着大門，沒有答他的腔。

我轉過頭去，首先迎着綉文微笑的眼睛，綉文身後是兩個雄赳赳的警察，救兵由天而降，我鬆了一口氣，暗暗佩服綉文的機警。

「出了什麼事？」警察開口了，聲音很洪亮。

他，這位漂亮人物，這才轉過頭來，先是一楞，接着就鎮定了，頗有才氣的說：「你們來得正好！」却不說下文。

警察盯着老板，「你先說，」

「這位小姐是我們的老主顧了……」老板指着我對警察說明原委。

那位漂亮人物，鎮定地望了望大門口，大門口站着另一個警察。又望望老板，不屑似的微笑，似乎說：「看你胡扯些什麼？」

「你們都跟我到派出所去，」警察說，指那位漂亮人物以及我和綉文。

「很好，」漂亮人物從容說：「不過我有公事要辦，先去辦公廳一下，馬上來，直接到派出所來，是兩路口派出所嗎？」他回轉身，嘴角仍然在微笑，用指頭彈了彈衣袖，一挺腰，想昂首濶步走出是非地，表情之精彩，好像戲劇學校的高材生。

「慢點，」警察雙手一攤，擋住了他的去路，「到派出所弄清楚再說。」語音，態度之威嚴，可一點也沒輸給他。

我心中痛快極了，眞想叫一聲好，好像自己在看戲。

「這叫秀才遇了兵，有理講不清，」他吐了一口氣，很洋氣地聳聳肩，漫條斯理，又有點無可奈何地，「那麼，走就走吧！」

雖然他的語音態度兩皆輕鬆，可是警察一點也不放鬆，一邊一個，把他護送到底。兩路口派出所就在拍賣行斜對面，派出所的隔壁是中央通訊社，兩者和大馬路之間都隔了一道很闊的溝渠，大概是溝渠吧，總之，都有一道木板橋連接馬路。當我們通過那道木板橋去派出所時，隔壁的木板橋上正有人由外往裡走，他們都以驚奇的眼光望着我們，我覺得窘極了，因爲我還沒經過那種場面。

在派出所，出來問話的是位張巡官，一看就知道是個精幹人。他一口道地四川腔，首先問明我的姓名，住址和職業，和失去錢包的經過。叫人拿來紙筆，要我把錢包內的物件，寫一張清單。接着就問那漂亮人物姓甚名和職業住址。他仍舊很鎮定，伸出他那白嫩的手，在西裝口袋裡掏出一張名片來交給巡官，又把那兩張拍賣行的寄售單也交給巡官，胸有成竹的說：

「這是人家拿來給我太太抵帳的，我太太昨天要我今天順便來看着，我不在乎的，算我倒霉好了，給她吧。」他掃了我一眼，似乎可憐我，又接下去說：「我辦公廳還有事要辦，先走一步好嗎？有事到辦公廳找我好了……」他又一挺胸，準備開步走。

張巡官瞄着那張名片，嘴角浮上莫測高深的微笑，伸出右手一擋，「且慢，」他嚴肅的說：「案子還沒了結呢？你不能走。」

「我不是把寄售單給你了，並且留下名片，我有公事要辦呀，你還想怎樣？」看樣子他多少有點沉不住氣了。

張巡官又眇了眇那張名片，把他從頭看到脚，足有兩三分之久，沒有說話。那張名片的頭銜是：

××大學文學士

糧食部專員

王　○　○

「王專員，」張巡官臉一沉，終於開口了。「法律之前人人平等，我們的職務是維持社會秩序，使人民能够安居樂業。今日你拿了這位小姐的寄售單，去領她寄賣的東西，顯然不合法。儘管你放棄了寄售單，也不再想要他在拍賣行的東西了，可是我們還要追查到底，求個水落石出才能結案。因爲她的錢包你還沒有交出來呢？錢包裡還有現款和不少東西呢？你圖省事，爲什麼不全部交出來結案了事？你是知識份子，知法犯法，隔壁就是中央社，說不定等一會，他們要來採訪新聞呢？發佈出來的話，對你多少有些不便吧……所以，你越坦白，越早結案，越是高明辦法……」說着，張巡官又用眼睛盯着王專員不放，眼睛對着眼睛，王專員似乎被他盯得有點心煩意亂了，避開了他的目光，東張西望，文不對題地說：「你們的厠所在那裡？我先去一下，」張巡官派兩名警察恭送如儀，這時的王專員表情有點不自在了，被兩名警察前呼後擁帶回辦公室，他却先發制人，頭一昂說：

「你有什麼證據，硬說她的錢包在我這裏，高興你來搜搜吧！」他雙手一攤，又演戲了。

「搜什麼，錢包放在什麼地方，你自己知道。」

「證據呢？」

「證據，不是你自己剛才交上來的嗎？她的錢包被人扒了，錢包內的寄售單却在你手裡，不是你拿了還有誰？白晝行刼，你好大膽了，照這，你就犯了擾亂治安之罪，是刑事，罪不可輕哩……依理，我們應該把你送到總局刑事組，你就知道厲害了，好，現在既然我們辦不了，就往刑事組送吧。」張巡官一口氣說完，又向旁邊那一位警察說：「馬上派人到糧食部查證他的身分，並行文總局說明經過。」

王專員臉色變了，却故作鎮靜說：「你斷章取義，那寄售單是人家拿給我太太抵帳的，怎能算是物證？」

「人家是誰？你交出人來。交不出人，你就交出錢包來。我張某也不是不講人情的，只要你把錢包交出來，甚至裡面缺少一點什麼，都好商量，也免得我去糧食部，去刑事組了。大家省時省事不好嗎？」

「那末，我們單獨談談好嗎？」

王專員突然來個大轉彎，用他那白嫩的手，掏出雪白的手帕，揩了揩眼瞼，擦了擦眼鏡，又皺了皺眉頭，大有不勝其煩，聊且輕鬆一下之概。

「好呀，」張巡官欣然說，又轉向我和綉文，「那末，你們兩位出去一下吧！」

「我們馬上去磁器口，王專員家。」

張巡官和王專員煞有介事地密談後，表情輕鬆地走出來。

「不，是學田灣。」王專員說。

「你的住址不是明明寫的磁器口嘛？」

「我現在住在學田灣。」

原來他剛才寫的是假地址，張巡官笑了一下，「大家去學田灣。」

學田灣離兩路口，並不算太遠，我也曾住過學田灣的。原來他還是我的老鄰居。王公舘是個清靜的小院落，院裡有兩株老樹，枝椏蒼勁伸出牆外，頗饒畫趣，有時我路過此處，總要看看它。出來應門的，是個二十多歲的少婦，她手裡還抱着一個白白胖胖的娃娃，娃娃也打扮得很清爽。

「太太呢？」王專員問那少婦。

「太太玩牌去了，」少婦說：

「這是我家奶媽。」王專員說。

王專員的客廳擺設也很豪華的，不過最吸引我的注意力的，莫過於牆上那張大得驚人的結婚照片。照片中新娘的美艷，和她那神秘莫測的微笑。她笑得那麼可愛，那麼甜，那麼媚，那種不可抑制的心花怒放之情，似乎有一種感染力，使我幾乎忘記自己是來幹什麼的，和錢包被扒，一錢莫名的窘境了。其實，她是和她的新郎在華貴的結婚禮服陪襯下，一同微笑，似乎在歡迎我們，又似乎只是自個兒得意，得意之極哪！不消說新郎就是今天的男主角，新娘，那美得驚人的新娘，自然是男主角的太太了！

結婚照片上端空白處，還有某川籍紳糧的題字「佳偶天成」，有如龍飛鳳舞的行書，可謂與這一對璧人相得益彰，眞是「佳偶天成」，誰看了也要發出贊嘆！

我正看得出神，綉文碰碰我，我一回頭，不覺精神爲之一振，那三片紅葉，我的得意傑作，正在王專員手裡向我發出淒然的微笑哩。

張巡官由王專員手裡接過那錢包，交給我說：「請妳查查裡面的東西，有缺少沒有？」

我打開錢包一看，心立刻往下沉，裡面空空蕩蕩的，一張鈔票也沒有，我的整月薪水呢？還有翡翠和猫眼石戒指呢？派克筆和手錶呢？我拉開錢包口，把裡面的東西統統倒出來，一本小記事本，一把削水菓的小刀，一把修指甲的挫刀，和幾把鑰匙練在一串。還有一塊小鏡子，兩條小手帕，一個私章，如此而已，其他各物，統統沒有了。我當時眞有點想哭，只好拼命忍住眼淚，咬着嘴唇，把那幾樣東西點給巡官看，告訴他我的貴重東西都不在了。

「王專員，」張巡官皺着眉頭說，「怎麼裏面好些東西不見了呢？鈔票、手錶、派克筆、兩只戒指等，你把它放在那裡？」

「我眞不知道，」王專員態度消沉，好像一隻漲得鼓鼓的氣球，突然洩了氣，有氣沒力地，「要問我太太。」

「想辦法把你太太找來吧！你寫下地址，我派人去接她回家。」

「我實在不知道她現在在那裡，唉！」王專員這時長長的嘆了一口氣，叫來奶媽說：「妳知道太太在那裡嗎？」

「不知道，」奶媽說：「她從來不說她去那裏嘛。」

「這樣吧！」張巡官說：「失主把錢包和裡面的幾樣小東西寫一張收據給我，缺短什麼也一併註明，妳們暫時回去，留下地址，限王太太三日內把全部東西送給妳親收，否則，我們自有辦法處理此事，妳放心好了。」

我祇好遵命。回到辦公廳，餓得話都說不出來了。

好容易挨到第三天，吃完晚飯，我們正在宿舍內利用那由兩張條桌合併的萬用桌來洗臉梳粧，門口突然傳來一聲嬌甜的女高音：

「有位葉小姐在這兒嗎?」

圍住那張萬用桌的四個人，柳小姐、劉小姐、綉文和我一齊轉過頭去，一齊被那美麗的影兒和嚦嚦鶯聲驚住了。她的目光像探照燈似的掃過來，在她美麗目光照耀下，敝寢室的一切，連主人在內，可謂窘態畢陳。四張竹板床，每邊兩張，緊靠牆壁擺着。空隙的地方，便叠堆着箱子，上面罩了一塊克難枱布，權充書架，飄、簡愛、傲慢與偏見、花間集、飲水詞、昭明文選等，都在上面排隊而立。靠窗，便放了那張萬用桌，它是我們的洗臉台、梳粧台、縫級台、書桌、茶桌，逢到週末我們自己加菜打牙祭，又被派充飯桌。桌的左右兩邊，便是我和柳小姐的床舖，中間空隙僅可容身，床舖便當椅子用。桌子上空，吊了那半明不滅的抗戰燈，它也不過聊備一格而已，近來轟炸頻繁，它就毛病百出，常常派不了用場，不得不借重頗富詩意的臘燭。桌子前端有兩把椅子，是小劉和綉文寫寫縫縫時用的，可謂滿室寒酸。巡掃一遍後，美麗的目光集中在幾個寒酸的主人身上。矜持地等待對方的答覆。

「我姓葉。」我囁嚅說。

貴賓頗具貴婦風範，她在門口遲疑着，欲前又止。

柳小姐是我的老鄉，也是我們四人中，唯一結了婚的人，以她的賢主婦作風，深怕我慢待了貴賓，她趕緊把桌上的洗臉工具一一收拾好，三隻小臉盆的水，全部倒在她的大臉盆裡拿去倒了，忽忽把它塞在萬用桌下，又把我們的克難枱布攞上，把桌下的克難花瓶也拿出來，三小枝紅梅，疎散地立在小辣豆瓣罐裡，展顏而笑，春意盎然。柳小姐忙得團團轉，一面熱誠的說：

「請進，請進，唉呀，我們弄得亂七八糟，眞不好意思。」

美麗的貴賓婀娜多姿地，步入敝室的中央，又停住脚步。柳小姐又趕忙把那兩張老且多病的椅子拖出來說：

「這邊請坐，這邊請坐。」自己便退在竹板床上，竹板床立刻發出一陣逆耳的呻吟。

貴賓稍稍向前，並不坐下，柔聲說：「葉小姐，我想單獨和您談談呢？」她的紫紅大衣，在暗淡的燈光下，像一道金色陽光，頓使蓬蓽生輝。

「請問貴姓，您是……？」我望着這似曾相識的美麗面孔，心上一驚，「會是她嗎？」

她矜持而又親切地微笑着，却不立刻答覆我。

老於世故的柳小姐說：「唉呀，我還有要事要辦呢？還得去辦公室一下，」又趕緊泡上一杯茶，向我的貴賓說：「請飲點茶，多坐一下。」就帶着劉小姐一同走了。

綉文却不動，若有所思地對貴賓說：「妳是住在學田灣嗎？」

「是呀，您貴姓？」

「哦！綉文似乎大澈大悟了，「妳是王專員太太，是嗎？我們在妳家看到過你們的結婚照照片，怪不得有些面熟。」

「是，我就是，」美麗的客人低着眼眉，無限嬌羞地，「請指教。」

「指教就不敢當了，」綉文單刀直入地，「妳把葉小姐的東西都帶來了嗎？」

「當然，當然。」

我不禁喜上眉梢，覺得她的聲音好美，好甜。

她打開皮包，拿出一個小小的包兒來，放在桌上說：「請妳看看吧！」

我打開小包兒一看，又不禁氣上心頭，對她甜美的聲音，馬上失去興趣。「怎麼？錢呢？還有兩隻戒指呢？派克筆頭上的金鍊呢？」我怎麼能不氣，明天又是週末，妹妹和姪女來，我加菜叫飯的錢都沒有，而她却着華服，氣象萬千地坐在這裡……。

「所以我特來和妳商量呀？別氣我好嗎？妳先把手錶和自來水筆收下好嗎？」她眼波中含着歉意，歉意中又帶着羞怯。

我無可奈何地收下手錶和自來水筆，「其他的東西和錢呢？我是靠薪水生活的，整月的薪水都在錢包裡，現在正等着要開支……」

「當然有我的苦衷喲，小姐。」

「妳有苦衷？哈，」綉文笑了一下，「我眞佩服你的口才。」

「別生氣呀，小姐，」美人疲弱地望着綉文說。將那豐若有餘，柔若無骨的玉體移近我，淒淒絕絕地：「唉呀，我眞罪過，請包涵，我眞無地自容了。」

「妳想打如意算盤，來道個歉了事嗎？那有這種方便事？」綉文說：「我看妳生活得好愜意呀！」

「我該怎麼說呢，」她略略抬起頭來，疲弱而又乞憐似的望着我，像一個天眞的孩子向大人求饒一樣。

「妳準備怎樣？妳說說吧，」我說。

「那就謝謝了，」她說，「謝謝妳給我一個發洩苦悶的機會。」她深深地嘆了一口氣，自怨自艾地：「看到妳們這樣吃苦，爲國家效力，我好慚愧。葉小姐，由妳們把我看作墮落的女人吧！吃喝玩樂，一件正經事不作。今天的事，不是報應嗎？我怎會想到有一天我會沒有錢，會付不起牌帳，開不出伙食呢？去過我家的人，誰不羨慕我們家庭的美滿？表面生活，重慶一般公務員中，能像我家怕還不多吧？是嗎？丈夫孩子，那一樣擺不出去？可是，我也不知怎麼說才好，我覺得我的前途是一片黑暗，而我自己陷溺已深，怕也無法挽救了……」

「妳先生不是在×××當大專員嗎？我眞不懂……」

「妳當然不懂，因爲妳們是生活在另一個世界的人。」

「妳還忘記告訴我們，妳如何交還葉小姐的戒指、金鍊和薪水呢？」綉文老氣橫秋地，頗具女法官氣派。

「自然要說呀，妳莫急好嗎？」她伸出潔白鮮嫩的小手，在皮包裡掏出一條粉紅細麻紗手帕，揩了揩眼睛，「先從我的身世說起好嗎？」她疲弱地望着我，疲弱而溫柔。

誰能拒絕一個如此美麗溫柔的女人訴說她的身世呢？

「好，當然可以。」我多少有點好奇地說。

「也許妳們不相信呢？我和我先生都是出身富貴人家，自小就被大多的愛和大多的錢寵壞了，想甚麼有甚麼，除非天上的星星和月亮。從不知艱難困苦是什麼，在此抗戰時期，它無所不在，却不光臨我們。沒想到世界變哪！去年他死了爸，分給他半條街的房屋，被幾個炸彈全部送了終。我母親原是我父親最得寵的如夫人，可是，也在去年，父親有了新歡，母親被打入冷宮……一切舊的排場，人情來往，爲了面子，不得不照舊維持，實際上早維持不下去了。苦沒吃過，一下子怎樣吃得慣？狗急跳牆，才做出見不得人的事哪！那雙攝人心魄的明眸暗淡了，過了好一會才接下去說：

「不過，我對天發誓，這種過錯我們還是第一次犯，眞像魔鬼附身哪！」

「你是什麼時候動手的呢？」我忍不住問他。

「你忙着爬上車，沒注意嘛。我先生原是看兩位高好興開玩笑的。」

「以後呢？」

「我們就折轉回家了，」

「回家以後就？」

「回家以後才發現有些值錢的東西……想不到當晚在朋友家玩牌，輸得慘極了。接連兩三天都是壞運氣，壞到連伙食都開不出來，一時被魔鬼抓住，竟莫明奇妙的做了這種事，把葉小姐害慘了，我心裡好難受。「她無限歉疚地望着我，又輕輕地搖了搖頭，好像否認她自己的存在價值。

「過去的不必說了，只希望妳把錢和東西全部還給我。」

「問題就在這裡嘛。」她淒然地笑了一下，「我把它全部輸光哪！怎麼辦呢？」

「這個玩笑開不得，我的東西我一定要回來，那兩枚戒指是我祖母和母親給我的紀念品，她們都去世了。」說着，我忍不住熱淚潸然。

「我一時交不出來嘛，妳可千萬別難過呵！」她反賓爲主，以無限溫柔的目光撫慰我。

「大家上法院吧，我作證人。」綉文說：「葉，妳急什麼，張巡官說過，他自有辦法嘛，你忘記了。」

「唉呀，你們別說話傷感情好嗎？鬧大了影響了我先生的前途，他一定要和我離婚，我們原是情投意合，很相愛的呵！轉轉彎吧？離了婚，我的戴安娜怎麼辦呀，這麼小！而且，我又有四個月身孕了！」

「這樣吧，」我說：「錢，妳能還我多少就還多少，各憑良心。那兩枚戒指我一定要還，妳說輸了，輸給誰？我們一同去找他，牌帳大家欠欠拖拖是常事，怎好如此認眞呢？」她創造的悲淒氣氛，冲淡了我對她的敵意，我竟替她設想了，有點迷迷糊糊的。幸虧綉文又幫我硬說輭說，最後，她總算大發慈悲，把當掉兩枚戒指和一串金鍊的當票給了我，還加了幾張鈔票，大概可抵我一月薪水的五分之一。

「您先拿着零用吧！」她溫柔地一笑，親切而慷慨的說：「剩餘數目和當戒指金鍊的錢總加起來，我給妳一張借據，兩星期內一定奉還。」並立卽運用她那美麗的手，十分認眞地寫了一張借據給我，後面的簽名是英文的安娜嚴干。爲了表明她言必有信，又掏出她媽最近的來信給我們看，信上說：知道她房屋被炸，孩子又生病，非常着急，挖空心思，才湊成所需之數，卽日郵滙，並說她自己如何寂寞多病……等等。

「妳看，我什麼都對你們公開。唉！說起來我媽也怪可憐的，好時光都過去了！」她言下似不勝悲淒，「只要我媽的錢一到，我立卽自己送來，我們一同去派出所銷案好嗎？」

「好。」我說，有此結果我已心滿意足。綉文呢？覺得這一仗她贏了，有點飄飄然。凝視着這貴賓有如新荷初放，白裡泛紅的小手，發出一聲讚嘆，還送她一顆半似幽默，半似憐愛的「安心丸。」

「哦呀，王太太」綉文亮着她的大眼睛，揚揚眉毛說：「妳怕妳先生和妳離婚，可眞是杞人憂天呀！憑妳這傾國傾城的容貌，他做保防工作還來不及，還捨得離婚呀！瞧妳這雙玉手呵，可眞是上帝的傑作呀！」

王太太嫣然一笑，那兩泓秋水在我和綉文之間情意綿綿地流轉着，再度伸出那羡煞綉文的玉手，掠了掠額前的散髮，才有節有度地，發出嚦嚦鶯聲：

「謝謝哪，謝謝您的誇獎，可羞死我哪，我就希望以後有機會向兩位請教，要多多包涵，多多指教呵！再見吧！」

於是，她輕盈地一轉身，紅呢大衣的下襬，隨着她的轉動飄起來，宛如孔雀開屏，可，卡；可，卡；隨着高跟鞋音樂般的節奏，那美麗的影兒，便如開屏孔雀般昂然地歸去了！

九天後，我收到一封信。

葉小姐：

容我首先說聲謝謝吧！謝謝妳的寬宏大量，尤其謝謝妳給我的啓示，我已找到一份工作了，待遇當然說不到，不過我總算自己能夠賺錢了，覺得很開心。茲定本星期六下午六時在舍下請你們便餐，我先生已去昆明，家裡也很清靜。奶媽會燒幾樣四川小菜，我想您一定欣賞她的辣子鷄丁。另三位貴寢室的小姐，也請一同來，歡迎，歡迎，欠款當如數面交，千萬放心。祝

快樂！

安娜手上

那個星期六是個好天氣，我們四人開了一個會，討論去不去吃她的飯。最後大家一致認爲：王太太雖然一時糊塗，犯下大錯，由種種跡像看來，她還是一個心地善良的人。知過必改，聖賢都欣賞，我等何人，能拒人於千里之外乎？也由於好奇，由於那時大家沒有家，缺乏娛樂，於是各人帶點小禮物，一齊高高興興的去了。一路說說笑笑，話題離不了王太太的美和她那份溫柔勁兒，以及我的好運氣。小劉說：單憑她巧妙地安排今天這個表示歉意和友誼的節目，就說明了她是一位多麼善體人意的可人兒。

我們到達學田灣時，剛好六點正，綉文搶先去敲門，敲了許久裡面才應聲「那個？」是個老頭子的四川腔

「她家還有男工呢？」綉文輕輕說：「奶媽忙著做菜去了。」她又敲幾下，門開處，一個工人模樣老頭愣然地望着我們。

「找那個？」老頭說。

「王太太」我說：「王太太約我們來的。」

「王太太？」老頭一怔，「王太太約妳們來？這是那一年的事呀？這裡沒有王太太。」

我們四人面面相睹，一時說不出話來。

「你是什麼時候來的呀？」我說。

「我才來三天，我的東家要我來守房子，房子出空了，還沒有租出去。」

「那末王太太什麼時候搬走的呢？你知道搬到那裡去了嗎？」

「我不知道？」

「她沒有留下地址嗎？」

「沒有。」

「讓我們進去看看好嗎？我們正要租房子。」綉文說。

「要得。」老頭讓過一邊，讓我們進去。

客廳裏空空蕩蕩的，四壁蕭然，空無一物。靠左邊牆壁放了一張竹板床，大概是那老頭用的。暗淡的燈光，加深了那股蕭條衰敗的氣氛，望着那空空的牆壁，我突然想起了那張結婚照片，和照片中男女主角那種心花怒放，喜氣襲人的神情，以及某名人所題的「佳偶天成」龍飛鳳舞的行書……

這一切眞像一個夢，一個謎，「謎樣的女人。」我並沒有被欺騙或憤怒的感覺，只感到說不出的空虛和迷惘。

大概過了兩個多月，報上登出一則新聞，這則新聞大大的震驚了我們。那則新聞的大意是：「嘉陵江口浮現艷屍，貌美如花，年齡若三八左右，着紫紅大衣，懷中緊抱一女嬰，奇怪的是，人已僵硬，尤緊抱女嬰不放。據云：艷屍極似最近涉嫌犯毒案女主角，其夫王××已入獄，女主角本人由家人力保在外……云云。」

「會是她，學田灣的王太太嗎？」我們同時發出驚叫。

「哦呀，可惜哪，那麼溫柔美麗的人兒，眞是我見尤愛，爲什麼會走上絕路，不會是她吧！」柳小姐感慨無限說。

「大概不會是她吧！」我說，「她那麼聰明，簡直把我和綉文玩弄於掌握之中，她那雙美麗的手，曾使綉文羨煞、愛煞，難道會做出那麼殘忍，那麼愚蠢的事情？」

「也許，」綉文說，「她想遊戲人間，却被人間遊戲了！」

我又想起了那張結婚照片，和照片中男女主角那種心花怒放的神情，以及某紳糧所題「佳偶天成」龍飛鳳舞的行書。（全文完）

國際筆會三十七屆大會記趣

「我感到無比的光榮，能够站在這兒替國際筆會三十七屆大會致開幕詞，歡迎從世界各地來的傑出作家……。」身穿白色禮服，白白胖胖，用溫婉、親切的音調說這些話的是韓國筆會的副會長毛允淑女士（Miss Youn Sook Mok）。那是一九七〇年七月的事。

會場裏飄揚着韓國的古典宮廷樂。三四十位奏樂的人們，身穿大紅無領的大衣襟長袍、頭戴黑帽，很像我們國劇中的某些人物的打扮。許多好奇的眼光都向那兒投了過去。

會場設在漢城最豪華的朝鮮旅館，地毯是大紅色的，燈光是柔和的，氣氛是莊嚴而和諧。濟濟一堂的是人類心靈的工作者，男女老少，黃、白、黑人種都有。韓國筆會會長白鐵博士是一位書卷氣很重的學者。朴正熙總統穿着西裝，光臨致詞。

朝鮮飯店外面的廣場上和韓國各人城市的高大建築物上，都懸掛着國際筆會三十七屆大會的標幟。重要街道上建了二十多座「歡迎筆會代表」的牌樓，在金色的陽光照耀下特別惹眼，到了晚上都閃發着五彩的亮光，在灰暗的夜色中透露出人類情感交流，心靈契合的希望。

大會討論的主題，是「區域的幽默性」，副題有「小說中的幽默」、「戲劇中的幽默」等。人人可以發抒己見，沒有爭論，也沒有表決。單純、和諧，這眞是一個絲毫不帶政治色彩的會議。

韓國的代表團最大，八十五人；其次是日本，三十九人。最少的祇有一人。泰國、印度，和澳洲代表團都是女作家擔任團長。波多黎各的 Ernesto Juan Fonfrias 的太太，日本的三浦朱門的太太，越南的文壇怪才裴春淵的太太，和英國的 Paul Tabori 的太太也都是作家，所以伉儷雙雙參加會議，出雙入對，也算給大會點綴了情趣。泰國代表團中的女代表最多，是九與一之比。泰國女作家們的佛教色彩很濃，經常穿着深紅的泰絲衣裙，都能說英語，很活躍，芳蹤到處，紅豔照人。那位唯一的男代表夾在衆紅之中，眞顯得有點可憐兮兮！

主題旣是「幽默」，會議中就不時有幾聲莞爾，幾個哈哈，或一陣哄堂大笑，從不同的角落發出來。也有一兩位老當益壯的主席硬是板着面孔，執法如山，禁止發言的人多說一分鐘話。爭執自然免不了，甚至弄得面紅耳赤；結果彼此不是相視一笑，就是欲語還休，凡事也就不了自了。這本是「幽默」嘛，沒有修養的人，怎麼會談幽默呢！

越南莎岡

飄蕩着垂肩的長髮，飄蕩着拖地的長袍，盈盈嫋嫋地飄過來，又飄過去，宛如凌波仙子般輕盈曼妙的一位女作家，是有越南莎岡之稱的阮代免女士 (Mrs. Thi Men Nguyen)。據說她是越南作家群中最受少女們歡迎的人，也是作品最暢銷的作家。她的生花妙筆，不知贏得了多少少男少女的熱淚和微笑。我猜不準她的芳齡，單憑那盈盈一握的小腰肢，春意盎盎的綠底起花的飄飄長袍（越南小姐特別喜愛綠色，換來換去，十之八九都是綠底彩色花袍）和那欲語還休，嬌羞怯怯的情態，她總給人一種青春的感覺。

我想她們的服裝是傳統的，上身和中國婦女穿的旗袍完全一樣，有衣領、大襟、紐扣。不同的是雖當盛夏，越南女裝仍是窄窄的長袖，緊緊的腰身，叉子是一直開到腰際，寬濶的下擺長到脚背，襯上絲綢類的長褲，走起路來，飄飄蕩蕩，婆娑生姿。越南女子的步態本來十分輕盈，輕盈得有如一片雲兒在飄蕩、一隻彩蝶在飛翔——總之，輕盈得使人心上油然、油然着我見猶憐的感覺。不特這位越南的「莎岡小姐」令人一見生憐，就是詩人裴春淵的小說家太太裴春雅女士也同樣柔髮垂肩、腰肢瘦小，一雙大眼睛老是顯得嬌怯怯的，宛如十七八歲的小姑娘，誰會相信她是一個有了十個孩子的媽媽呢？

越南女子似乎都有一雙大大的眼睛、配上高高的鼻樑和細小的腰肢，眞是女性十足。美中不足的是皮膚不够潔白細潤，這也許是淸瘦的緣故吧，嬌柔中總顯得有點憔悴。當然，這祇是指這次出席大會的幾位女作家而言。儘管這幾位女作家顯得有一絲兒憔悴，從她們的服裝、身材、風姿、談吐來說，她們仍是各國女作家群中最女性的女人。

最有趣的一幕，是大會閉幕以後，韓國政府招待大家南下釜山觀光，釜山市長設晚宴款待。在昏黃的燈光下，突然紅光一閃，滿室生輝，大家不覺一怔。定睛看去，一朶紅雲正緩緩飄來，一時掌聲四起，原來是「越南莎岡」到也！她身穿新製的鮮紅韓國女禮服，鬆鬆散散，長拂地面，比起她的越南裝來，更是輕盈。閃閃發亮的長串耳環、閃閃發亮的髮飾、閃閃發亮的項鍊，陪襯着她那閃閃發亮的大眼睛，嬌嬌怯怯地，迎接着四面八方投射而來的驚異目光！

「眞不啻由天而降也！」有人幽默地發出輕輕的讚嘆。

不讓鬚眉

早在同年六月在台北擧行的亞洲作家會議期間，望着活躍的泰國女作家群，就曾有一位外國作家告訴我說：「在泰國，女作家的質與量都超過了男作家。」亞洲作家會議時，泰國代表團團長是女子，團員是一男三女，顯然是女强於男。在韓國，泰國的十位代表是九女一男，團長和副團長都是女作家。她們這一群出出進進時，眞有點威風八面，聲勢奪人。

有趣的是，似乎每一位泰國女作家都是中等身材（只有團長稍高），胖胖的身軀，胖胖的圓臉，靑一色的紫紅衣裙，窄窄的細長袖，窄窄的小腰，裙子長到脚踝，裙擺並不大，看起來佛（福）氣撩人，顯得高貴大方。不知爲什麼，她們從來不穿綠色、白色，或其他淺色的服裝。她們的衣服換來換去，總是紅的，有時是紅一色的泰絲，有時紫紅底子上點綴着一些黑或藍色的細小花朶。有一兩場合，我曾看到她們之中的一兩人穿過純黑色和深藍色的服裝，十之八九的時間仍都是紅一色。她們和喜愛綠色的越南女作家在一起時，在體型和服色上都成爲一個强烈對比，眞是牡丹綠葉，相映成趣。

泰國女作家們也戴耳環和各種首飾，在盛宴中尤其顯得珠光寶氣，但她們在氣質上仍是職業婦女、女教員、女作家之類的人物。她們儘管珠光寶氣，在必要時却會恰如其份的露一手，絲毫不讓鬚眉，使人不得不刮目相看。

印度的演說家

在主席台上和貴賓席上，都出現過一位頗有氣派的女作家。她的頭適度地昂着，態度從容莊嚴，高擧着右手，音調鏗鏘，緩急有度，口音清晰，最容易懂，說的話也最動人。她，便是印度代表團團長華笛雅夫人（Mrs. Sohbia Wadia）。無論在亞洲作家會議中或國際筆會會議中，她致詞時都贏得了不少掌聲，給人留下了深刻印象。

她是三位女團長中春秋最高，風頭最健的一人。印度社會中的階級很嚴，有僧侶、貴族、平民和賤民之分，毫不含糊。地位最高是僧侶。她當然不是僧侶，看她那氣派，大概是貴族出身，無論行、坐、立，都喜歡擺點兒氣派，日光穩定，有時微微一笑，但絕不大笑，我也沒有見過她愁眉苦臉。她那一雙大而深幽的眼睛，有時不卑不亢地向四方一掃，這目光是莊嚴而冷靜的，既非友善，也無敵意。她的皮膚白而細緻，歲月不饒人，當然有點兒皺紋。尖下巴，瓜子臉，身材也很適度，年輕時一定是一位不折不扣的美人兒。

不過，她美雖美，却非女性十足的夫人、小姐型，因爲她實在是政治氣氛很濃，很像一位傑出的女政治家或出色的女議員之類的人物。她有時對我們很親切，有時又故作矜持。我不知她是否在倫敦受過教育，她是頗有點兒倫敦味，令人摸不透。她是韓國筆會邀請的少數特別來賓之一，也是三位女貴賓中最惹人注目的一人。我想，她在印度大概頗有點兒聲望。另外兩位女貴賓，一位是英國的 Miss Kathleen Nott，她是國際筆會副會長，一位是南斯拉夫的 Mrs. Mira Mihelie。

有其姊必有其妹

「你看到我的姐姐嗎？」在有些熱鬧場合，我常被一位生氣勃勃，行動敏捷，中等身材，穿着各種不同花色的西服，頭髮剪得很短，却蓬蓬鬆鬆，亮着一雙大而好奇的大眼睛的中年女子攔住問話。她，便是印度女演說家的妹妹 Mathilde Camacho 女士，美國生活雜誌的編輯。她的丈夫是美國人。她的外型和姐姐不同，性格也完全兩樣。一個穩重，一個活潑；一個冷靜，一個熱情；一個矜持，一個隨和；一個很考究衣飾，以配合其氣派，一個滿不在乎，隨隨便便；一個十足東方味，一個完全西化了！談外型，姐姐是長身玉立，可惜時光不倒流，腰有點彎了；妹妹是十分豐滿，但非痴肥。姐姐是瓜子臉兒尖下巴，妹妹是圓圓臉蛋圓下巴。她們都是大眼睛。姐姐的目光穩定，從不旁視；妹妹是滿眼好奇、東張西望，不折不扣的新聞記者樣。

姐姐只穿傳統的印度服，不穿別種任何式樣的服裝；妹妹什麼都穿，就是不肯在身上纏上幾丈衣料來權當衣裳兼大禮服。姐姐的服裝總是淡灰、純白、淺褐之類的淡雅顏色；妹妹就是不愛淡雅，深紅或深藍或任何濃重的色調都上身，却也都適合她的年齡身分。妹妹的年齡至少比較姐姐小十五歲，有時頑皮得像個大孩子。最有趣的一幕是在釜山。參加了市長的晚宴後，中國的男作家們包了幾部來回計程車，要去一覽釜山市容，買點紀念品。車子還有空位，他們問我們去不去？這時外面正是風雨交加，我們也實在累了，一致搖頭。這位世界名雜誌編輯 Mathilde Camacho 女士，三腳兩步地跳到我們面前問：「你們還有什麼新節目嗎？」我說他們要遊覽釜山，她很高興地說，「我和他們去好嗎？」於是，她挾着一隻大皮包，在風雨中跳進了計程車。

第二天早晨，我和她在餐廳相遇時，她瞪着我，嘆了一口氣說：「你們好聰明。我可慘哪！我們化了一筆可觀的車費，坐了幾小時的計程車，淋了一身雨，頭髮也濕了，什麼也沒有買到，什麼也沒看到。我現在還頭昏昏的呢，好像傷風了！」

說起傷風，我倒是傷風專家，人手包裏有的是傷風百寶丹、強力傷風克、克風邪、五分球、虎標萬金油、頭痛粉。我本想送她一包或兩包救救急。繼而又想東西方人的體質不同，對我有效的仙丹，不一定能够讓她藥到病除，萬一出點什麼岔子，讓人家說我國科學落後，醫藥落後可不妙，她還是一位名記者，撰文報導時帶上一筆，豈不更糟。我於是說：「那你好好休息吧，今天不要去看佛像了！」她又張開了眼睛直搖頭：「那怎麼行，躺在床上東想西想的，不知道你們看到了什麼好東西，可比生病還難受呀！」

可愛的女主人

地主國的女作家們，無論在何時何地，總是以女主人的姿態出現，照顧大家，格外顯得親切、溫婉，而又落落大方。在亞洲女子中，韓國女子有最可愛的潔白而細潤的皮膚，最現代的高而矯健的身材。她們不但外型上要比實際年齡顯得年輕許多，那樂觀、坦誠、熱情、好客的個性也會使人感覺到青春煥發，朝氣勃勃。

最難得是她們都能幹。舞文弄墨的朋友都缺乏事務才能，韓國的女作家們却不是如此，她們做得有聲有色，且又女氣十足。例如上文提到的毛允淑女士是梨花女子大學的畢業生，並沒有受過西洋文化的洗禮，那股熱烘烘的勁兒，還是主婦型、媽媽型的人物。據云在臨別前夕，她爲了盡地主之誼，在某一場所曾和一些貴賓們婆娑起舞，爲了怕有人被冷落，她累得香汗淋淋，還不肯讓微笑離開眼睛。一直殷勤到最後一分鐘。

大會期間，我們曾參加韓國朝野的各種不同的宴會，無論就氣派、氣氛、實質、效果來說，我感覺還是以韓國婦女安排的兩次宴會眞正是賓主盡歡，又不傷大雅。人們總認爲事關金錢時，女人總比男人小兒科，這次韓國女作家就恰到好處地否定了它。也許，她們會適當的用錢，正是她們的聰明能幹處。

韓國的女流文學人會（等於我國的婦女寫作協會）曾請我們參加她們的歡迎會。依照我國代表團男女人數的比例，還請我們的三位男代表同去，地點是在仁川。仁川是麥克阿瑟在韓國的登陸地，名震中外，它離漢城很遠。

我們到了仁川後，看到韓國女流文學人會的會址竟是如此寬敞堂皇、設備齊全，眞是大吃一驚。歡迎會場內佈滿了鮮花，香滿一室，樂聲悠揚，一片歡樂的景象。韓國的女作家們，多是穿着韓國傳統的服裝，彩色繽紛，一個個像彩蝶兒一般飛來飛去，忙着招待。我認識的李石奉小姐一躍而出，抱住我，又爲我介紹別的女主人。她向我介紹韓末淑小姐時說：「這是我們最漂亮、也最出色的女作家之一。她的作品已有拍成電影的，短篇小說也有譯成英文的。」我看韓末淑如此年輕秀麗，大概是剛出校門的大學生，她有如此成就，該是天才之類的人物。交談一會兒之後，才知道她已是四個孩子的媽媽，芳齡已四十歲出頭了。

李石奉小姐和我是在亞洲作家會議期中認識的，她曾送我一套非常精緻的淡藍絹的韓國女服，我已經帶到了韓國，深悔那一天沒有穿上它來答謝她的雅意。她的熱情慷慨實在使人感動。她不大愛修飾，熱情活潑，像個大學生，聽說她的大孩子也已進大學了。韓國的小姐們眞是得天獨厚啊！

她們告訴我說：女流文學人會的會長一直是朴花城女士，在韓國女作家群中，她是第一位，年高望重，被大家一致擁戴的人。這正是韓國女作家們最可愛的地方，她們不斷地求新、求進步、充實自己，來配合不斷前進的時代潮流。又能固執着優美的傳統文化，敬老尊能、謙和賢淑，欣賞別人的長處。我沒有拜讀過朴花城女士的大作，她那天的歡迎詞，非常大方得體。她是用韓語發言，由另一女作家譯成英語，大意於下：

「……女性是被比擬爲自然界的月亮。月亮是柔和的、光潔的、無私的，它放射着溫柔的光輝，普照大地，無偏無差，撫慰衆生……。我希望從世界各地來的傑出女作家們團結一心，用我們女性的柔和、謙沖、無私的天性，母性犧牲、慈愛的心懷爲出發點，創作出一些傑出的作品，消除人與人間的一切仇恨、偏見、隔膜；溝通人與人間的思想和情感，爲人與人間的相互了解作橋樑，爲世界的永久和平和兒孫們的前途幸福，播種奠基……。」

在掌聲、樂聲、交談聲中，各色精緻的茶點、菓汁和汽水源源而來，人人盡興。想不到鷄尾酒會後還有晚宴。雖是自助餐，食物非常豐富，也很別緻，比較一般正式宴會更覺親切。韓國人吃自助餐，也是由各人捧着餐盤，依次排列站在食物台前，但自己不必動手，餐台後面站着一排穿潔白制服的人，你要什麼，他們拿給你。

一陣「藍色多惱河」的音樂旋律飄揚過來，我們才恍然她們要請男作家來的用意。英國的男女作家和愛莎尼的流亡作家在主人之後滑入了舞池。燈光暗了下來，舞池中的人漸漸多起來，我們却始終作壁上觀。最精彩的還是梨花女子大學音樂教授金慈環女士的獨唱。她的身軀肥胖，甜笑的圓圓臉，揮動着手，踏着脚步，載歌載舞、熱情洋溢。她的歌聲充滿了情感，婉囀甜暢，餘音嫋嫋，扣人心弦。一曲甫罷，掌聲如雷，一而再的（Encore）使她不得不一唱再唱。

我情不自已地取下自己頸上的菓核項鍊（台灣土產，本是戴着好玩的），當場替她套上，她高興得一把把我抱住，立即宣佈唱一支中國歌，祝中華民國國運昌隆，使我感動得說不出話來。可惜的是我們這些老古董對音樂毫無修養，她的中國歌唱得非常優美，我們並不懂，自然也不好意思問。後來她又坐到我們桌邊告訴我說：她好喜愛中國，曾經到過上海和杭州參加過女青年會的會議。她希望有機會到台灣來看看她嚮往已久的地方，重溫一下她的友誼的夢。

在這柔和，輕鬆、友愛的氣氛中，我心裏始終覺得有點說不出的滋味。於是乘他們舞興正甜時，我輕輕地走到窗前，望着窗外點點最最的燈光照耀下的如畫江山，幻想着當年麥帥在這裏登陸的情景……。世事如白雲蒼狗，新興的韓國儘管是上下奮發圖強，一片新興氣象，但朝氣勃勃中仍有許多暗影和許多問題，需要勇氣和智慧來克服。

酒闌人散時，已是晚間十點以後。留在我心中的印象和我一己的感觸，將永不會被時間沖淡。

另一次由韓國婦女界安排的午宴是梨花女子大學校長金玉吉作主人。該校有八十餘年的歷史，八千多名學生，是世界上有名的女子大學之一。校址是在郊外，佔地廣闊，地區幽靜，花木扶疏，鳥鳴上下，眞是一個讀書的理想場所。校舍建築也很寬敞實用。上下樓，全是由水泥砌成的斜坡，比較上下樓梯省力省時。校內的博物館，收藏很豐富，好像和他們的國立博物舘差不多。

午宴是設在陽光普照、樹影婆娑的校園內。他們用細密的竹簾搭了一座露天餐廳，主席台、音樂台、客座，小徑通幽，設想得非常週到。樹蔭簾影，鳥語蝶飛，情趣盎然。在音樂台前，擔任鋼琴、小提琴和豎笛演奏的全是該校師生，還有獨唱、合唱、古典樂和流行歌隨風飄揚。所有服務人員，連送酒菜和添茶水的小女孩在內，全是校友學生，沒有外人，氣氛就格外顯得高雅親切了！飯菜也較別的場合別緻。總括的說，那是一種充滿柔和、親切的家庭氣氛，女人們感到輕鬆愉快，男人們自然不會例外。這是一個成功的午宴，不是豪華，而是溫暖，使你隨時都會想起它！

她們的第一夫人——朴正熙夫人也是落落大方，能言善道。韓國的傳統女裝顯不出女性線條美，那種燈籠式的大長袖管，寬大篷鬆的拖地長裙，上身短得僅過胸際，連接長裙一統而下，毫無曲折。可是在很多盛大的晚宴上，它就顯得非常典雅、高貴、壓衆；尤其是穿在身材修長的美人兒身上，眞是華貴雍容，飄飄欲仙。那晚是朴正熙總統夫婦招待晚宴，這位第一夫人正是穿一件黃色的韓國女禮服，長裙拖地，步履婀娜，姍姍而來，臉上一直保持微笑，態度親切溫婉。後來我們轉到另一間人數較少的客廳，她也來了。她看到了中國人，透過英語翻譯人員(她說韓語)，來和我們談話。我們歡迎她到台灣來觀光，她笑着回答說：「有機會我一定要來，這是我的希望。」

扶桑佳麗

明眸皓齒、身材健美的日本女作家曾野綾子，也是大會中的一位惹人注意的漂亮人物。她說得一口流利的英語，出版過二十幾部小說。她的短篇小說有譯成中文和韓文的，在韓國和台灣都有她的讀者，不過沒有譯成英文或其他地區文字的。看她的外型和氣質，她都是西方味重於東方味，尤其不大像日本小姐，她穿西服，高高的身材，大而明亮的眼睛，十分明顯的雙眼皮，高高的鼻樑，滿口英語，誰會相信她是來自扶桑的佳麗呢？

在我的記憶裏，她這次在韓國似乎沒有穿過和服。她也雅好服飾。在朴正熙總統的招待宴會上，她穿了一件粉紅釘珠花的西服，戴着閃閃放光的披巾、耳環、項鍊、和戒指，態度是落落大方。據說，她是日本的美國學校畢業的，她的先生三浦朱門是日本的一位寫作態度很嚴謹的作家，出版過十幾本書，「箱庭」一書得過日本的新潮獎。

迷宮、玉流館

大會閉幕的晚上，一個農場的主人邀宴，晚宴地址是分設在兩個神秘的大廈裏，也可說是迷宮吧。我和畢璞被分在玉流館，別的中國作家都在另一地方。據說那另一地方是在郊外，花木扶疏，頗有園林之勝。建築堂皇，又宛如宮庭。

玉流館是一個日本式建築，曲曲折折，房間很多。倒顯不出什麼豪華或高雅。可是一入內庭，那一片悅耳的鶯聲和那一片鮮艷的色彩，就使得你眼花撩亂眞像走入了迷宮。那如雲的美女眞是燕瘦環肥，千嬌百媚。她們一律穿着各種色彩不同的韓國服。韓國女服的特點是顏色宜淡不宜濃，平胸。如果胸不平，也得束平。她們穿平底鞋，飄飄蕩蕩的彩色服裝，渲染了她們的青春和輕盈，在如夢的柔和燈光籠罩下，好像一群花蝴蝶在飛舞。

「請隨意用點韓國點心吧！」我們在一間不怎麼大的客廳坐定後，一位長身玉立的美人兒雙手捧着一隻精緻的菓盒，向來賓一一俯首爲禮後，用流利的英語這般說。音調之美妙悅耳，宛如黃鸝初囀；態度之柔婉大方，舉止之從容適度，以及微笑之令人着迷，可以當選外交部長夫人。

這時，另一楊玉環型的姑娘雙手捧着一大盤盛滿菓汁和可樂的玻璃杯，依樣葫蘆向來賓一一俯首爲禮後，用微笑代替語言，獻上了冷飲。滿座的男賓個個喜形於色，飄飄然！

晚宴是在另一個大客廳擧行。開始時，有三四美女盤地而坐，奏弄韓國古典樂。接着是熱門音樂，雜技表演，跳舞等助興。日本的作家川端康成，恰好和我們同席，相對而坐。坐的方式是美女與來賓相間隔，人人可享溫柔。川端康成身旁是一隻淸麗、柔婉、淡雅宜人，我見猶憐的小鳥兒，正是「淡淡衣裳淡淡裙，淡掃蛾眉淡點唇」。她爲了職業，當然盡量表演討好客人的鏡頭，川端康成也極盡儒雅風流，爾憐我愛，溫柔體貼之能事。祇可憐我和畢璞祇好低頭悶吃，簡直不敢把頭抬（結果還是中途退席）。我爲了取冷飲，偶一抬頭，恰好看到那隻小鳥兒，向川端康成另一旁的那朶解語的玫瑰花兒無可奈何地一笑，這一笑無異說：「眞要命，你瞧，這些老公公！」因爲玫瑰花兒旁邊也是一位白髮盈頭，步履維艱，外形很像川端康成的日本作家。川端康成是以悲天憫人的心懷描寫風塵女兒離合悲歡的血淚生涯見長的，不知他這一趟的收穫如何？

也許，他們安排這一節目的用意是希望這些作家們了解一下韓國社會的各種不同生活形態，增加一點寫作資料。可是，看着那些綺年玉貌、聰明伶俐的少女們婉轉承歡，週旋在這些老爹和大伯之前，我的心裏總不免惻然！在這要使人人都得到人格尊嚴的民主時代裏，類似這一類的小可憐們什麼時候才能脫穎而出，得到人人應該享有的尊嚴，用嶄新的面目來表現自己呢？

據說，韓國的藝生和日本的藝妓不盡相同，韓國藝生都受過教育，獻藝不獻身。可惜沒有機會去深一層了解她們的心靈！

珠光寶氣獎

如果大會在閉幕之日舉行一次珠光寶氣的頒獎典禮。我想以「王寶釧和天橋」一書揚名海外、現任香港清華書院院長，以香港代表身分出席的熊式一先生，定可擊敗所有珠光寶氣的女作家，得到第一特獎。他無論何時何地，都穿一件古意盎然的白色長大掛；大掛的扣子，不是珊瑚，就是玉石。不僅此也，他的左手一連戴了三隻大玉鐲，走起路來，那些玉鐲相互擊撞，會發出清脆的響聲。他也是被好奇的女作家們注意的男作家之一。大概也祇有他，能够滿足一下外國女作家們想了解有五千年文化歷史的大中華文化的神祕性。

熊式一先生的另一傑出表演，是在大會閉幕以後，中國代表團請韓國筆會的人吃早餐的時候。早餐是西式，每人有火腿蛋、牛奶、咖啡、菓汁、麵包。熊式一先生把自己一份全吃了，還把別人承受不了的六枚鷄蛋全部吃了。所以，他吃了菓汁、麵包、咖啡、牛奶，還吃了八枚鷄蛋。

文壇泰斗

「好了，好了，照這兒吧！」林語堂博士夫婦在釜山海濱漫步時，被一群青年男女重重包圍，弄得他寸步難移。他指着自己有點禿的頭頂，無可奈何地向那群拍照青年笑着說。

他們多是男女學生，聽說林語堂博士來了，都趕來搶鏡頭，一批走了，又是一批。林夫人說：「唉呀，在南美也是這樣。我們在外散步時，常被一些青年人纏得啼笑皆非。」林夫人已經有了經驗，總是落後林博士幾步，跟我們走在一起，免得被包圍。她看見青年人來拍她的鏡頭時，她就指指前面，笑着用英語說：「你們的目標在前面，去，去，趕到前面去，總會找到機會的！」

林語堂博士的「林語堂全集」的韓文版出版後，不脛而走，現已出到第七版，打破任何外文韓譯本的紀錄。韓國是個讀書風氣很盛的國家，隨時隨地都可看到不同階級的男女老少，在忙裏偸閒地閱讀報刋和書籍。他們的報紙、刋物的銷售數目都高出我們的好幾倍。林在韓國知識份子的心裡是很有份量的，所以無論在會場內外，林博士總是被人擋住去路，要求合照或替他拍照。那種熱烈的情況，超過了任何一位有盛名的作家，包括川端康成在內。我相信在他的成功歷程上，一定有不少林夫人的熱汗和微笑。這並非因爲我是女人，喜歡强調女人的影響力量，從下述幾件小事，就可窺見林夫人的風範

我們在韓國期間，她處處都表現出一種母性的溫柔，想方設法，使我們每一個人都受到尊重和鼓勵。她把人家送給她們最名貴的水菓，一而再的叫人送來給大家吃。她簡直像一個大家庭的家長，關心着每一個人的生活，深怕有人受到了委屈。

林語堂博士是特別來賓，住在漢城最豪華的朝鮮旅舘，我們是住在大然閣旅舍。他們到漢城的第二天，我們曾去看他們，林夫人第一句話就問大家住的地方好不好？方便不方便？她然後說：「我和你們（我們幾個女的）一塊去看看他們的土產店。因爲他（指林先生）要趕文章，我在這兒會妨礙他。」

我們在赴釜山的途中，林博士和夫人坐在我們前面一節車廂的角落裏，看來很不舒服。我們請他們坐到我們那一節車裏去，林夫人忙着說：「不必，不必哪，我覺得這兒很好。如果我們一動，他們一定又要忙着爲我們另作安排了，麻煩人家，反而不好。他們也够忙，够累了。」偶爾大家談到大會的情形，她總是說：「他們這次眞是化了很多錢和心血，做得這樣好，已經很不容易了。」可謂處處替人設想，也沒有一點「名人夫人」的架子。

美國名小說家

所謂特別來賓，是在國際文壇享有盛名的人物，除了林語堂博士，還有川端康成，和美國名小說家阿普戴 John Updike等。阿普戴的身材高而清瘦，滿頭蓬亂的捲髮雖不長，也不短，一雙大眼睛是骨碌碌地好像要找尋什麼，又好像喝了酒，有點醉醺醺似的。正像一位作家、畫家、或音樂家之類的角色。

「我眞想去臺灣看看，可惜我的女兒伊利莎伯纏住我，我要趕着送她回去，沒有時間了！」在丁一權總理招待的晚宴中，我恰好和他同桌，他向我說這些話。他並且向同桌的英國和西德的作家說：「我們一定要多看看，多了解，如果以耳代目，將使自己變成傻瓜。」也許，他是個美國人，總比另兩位同桌的歐洲作家顯得坦誠，顯得關注我國。當我問他是否要發表專題演講時，他說得更天眞：「要的，就是明天早晨，第一堂，九點鐘。這麼早，一定沒有人來聽，眞糟！」

第二天早上，他拿了一疊厚厚的稿紙，擺在主席台的桌上，像一個小學生唸書似的，始終低着頭苦唸，聲音旣無高低，又無半句閒話。他的稿子又長，一片嗡嗡之聲眞令人昏昏欲睡。如果不是他的名氣這麼大，我一定不相信他的演講稿是他自己寫的。他唸完散會時，謝冰瑩說：

「你說來聽名作家的演講，爲什麼不見他出場？」

「剛才不就是那位名作家演講嗎？」

「天哪！」她苦笑起來，「他就是大名頂頂的阿普戴呀，我還以爲什麼毛頭小子在唸什麼呢，根本沒注意聽他！」

「我才懶得捧他的場，比聽小學生唸書還吃力。」熊式一先生在旁挿進來說。

阿普戴的講題是：Humour in Fiction（小說中的幽默）。他講得不精彩，內容倒還充實，而且他也頂會幽默。過了兩天，是林語堂博士演講。我在會場出口碰到阿普戴，他指着旁邊的兩個美國作家說：「你看，我們今天也都起了個早，來聽林語堂博士的演講！」所有的專題演講都排在上午九點鐘，不限制時間。林語堂的講題是 Humour in East and West（東方和西方的幽默）。當然，林博士講得精彩得多，他根本不要看講稿。

真假冰瑩

中國作家謝冰瑩的「女兵自傳」、「離婚」、「紅豆」等書的「韓文版」都很暢銷。她常被韓國讀者們請來請去，忙得不亦樂乎。有一天，一位日本女作家問她：「你是來自台北的中華民國代表嗎？請問謝冰瑩來了沒有？」謝冰瑩的眼睛張大了：「我就是。」那位日本女作家的眼睛張得更大：「你不是假冰瑩嗎？」「一點不假，她就是謝冰瑩。」另一作家揷嘴了。原來謝冰瑩的先生姓賈，她的胸前的英文姓名卡是「賈謝冰瑩」。

家有喜事

那一天，我因事遲到，在會場門口，看到香港的黃文山、羅香林、李秋生幾位先生，都圍着和台北去的另一中國作家李曼瑰握手：「恭喜、恭喜；」的說個不停。我的心裏一驚，不知李大姐有了什麼大喜事，瞞着我。我趕上前去一問：原來她剛才宣讀了自己的論文：「戲劇中的幽默，讀得「音調俱佳」。

我愛中華

裴春淵是越南文壇怪才，亞洲作家會議時來過臺灣。他不會說中國話，但却認識中國字，會看中國書。他是無師自通的，比許多中國人都會背誦唐詩，而且會做中國舊詩，五言、七絕和七律樣樣精通，法文修養更深。當他知道我的中國名字時，頃刻間就做了一首「蟬聲吟」送給我，意境高雅，絕非打油傑作。

英國作家 Paul Tabori 的太太，是一位散文作家，年非少艾，又高得出人頭地，却是大紅大綠的穿個沒完，那一對長串耳環有時要在肩打鞦韆。到板門店的那天，她索興穿上了短上身，大喇叭的長裙褲，血紅底上有許多大朵的藍色花，很像十四、五歲的小女兒裝。她喜愛中國的傳統文化，亞洲作家會議時也來過臺灣。她不止一次和我說：「我忘不了故宮博物院，我喜歡中國傳統文化。我希望有機會再去台北。故宮博物院呵，我回到了英國一定會夢到她！」

澳洲的 Mrs Mauis Lathan 女士是小說家，她的排名是在男作家之前。她在臺灣和漢城都相當受人重視。在韓國文化部長的晚宴席上，她望著外面如畫如詩的景色，若有所感地說：「我正在想，這兒和臺灣的不同處在那裏？」我當時祇笑笑，沒有作聲。事隔兩天，她又和我走在一起時，她很認眞地說：「我也不知爲什麼，我喜歡臺灣！」我在喜悅中也有我的感慨：但願他們之喜愛中華，不完全是爲了故宮博物院的寶藏或橫貫公路的奇景，而是對我們有較深的了解，發自心靈深處的友誼與同情！

韓國掠影

漢江，像是一條翠色的緞帶，飄飄蕩蕩，横過漢城南部，幾條支流，像是翠帶上的流蘇，飄拂過滿目繁華，一路向北奔去。漢江，又像一章命運交響曲，掩抑潛沉，廻旋奔放，有低潮，有高潮，有曲折，有發揚，那一座，一座的橋樑，便是樂章上的音符。漢江垂釣，不但是漢城人民的一樂也。也有不少漁人，藉以補助生活上的欠缺，在冰雪封江的冬天，他們便把江上的冰塊敲開來下釣，據說冰雪下的鮮魚，滋味特佳，市價尤爲可觀。在冬夏時節，這兒除了垂釣的漁人，還有在碧波中載沉載浮，追濤逐浪的男男女女；在冰江上滑溜奔馳，蹁躚飛舞的英雄美人，給漢江帶來一江的歡笑，一江歌聲，一江飛躍的生命。到了晚上，兩岸的燈光，和着天上的星光，一座、一座的橋樑，一齊投影江上，迷離徜徉，宛如夢境。在迷離的夢境中，還有一顆在逐漸形成的小鑽石，那便是汝一島。

汝一島，位於漢江本流的水中央，原爲一個荒島，現在韓國政府正建設它成爲一個觀光勝地，不但在島上培植了許多花木，修建了連接南北兩岸交通的橋道，國會大廈也已動工建築，還計劃把外交使節團的活動中心移到島上來，相信全部建設完成後，這兒定將成爲一個最具吸引力的觀光勝地。

一個歷盡滄桑的城市，正如一個歷盡滄桑的美人，人們見到它，總不免想起它的過去，想想它的現在和它的將來，定睛看去，在這迷離夢境中，依稀可見戰爭留下的影痕，在水波中時隱時顯，在水聲中欲斷還續地廻漩！

每天清晨！寺廟的鐘聲，悠悠沉沉地，在南韓的上空震蕩着，像是給半島上的人民安全和平的信心，也像是警惕他們，不要在眼面前的和平、繁榮聲中，迷失了自己，鬆懈了自己！

由飛機上往下看，三面臨海的韓國，很像一艘斜斜地橫泊海灣的船隻，船首面臨日本海，船尾接抵中國大陸和西北利亞。漢城，恰在它的胸臟部位。海濤洶湧，沙漠風狂，幾千百年來，這個半島上的人民，都不時受到環境的挑戰。因此，加深了他們對和平的嚮往，也把他們磨鍊得沉毅堅强。於今，他們面臨一日千里的世界潮流，瞬息萬變的國際局勢，不但昂首挺胸的站了起來，而且正邁步向前，要迎頭趕上。在他們艱苦奮鬥的歷程中，有眼淚，也有微笑，有驚濤駭浪，也有柳暗花明。

由飛機上下來，放眼看去，漢城的機場設備，顯然尚未達到理想階段。但候機室內，那幾條箱盎然欲活的人造鮮花，正向你淡淡的微笑，使你心上油然。出了機場，在你車窗外飛飄而過的，是山脚水邊新建的民房，小小的，一座，一座；大綠，深紅，橘黃各種不同顏色的瓦磚，或塑膠屋頂，配上鮮明色彩的牆和門戶，像是小小的花朶，散落青山綠水間。穿着韓國傳統女服的婦女，頭上頂着一大盆東西，腰支畢挺，悠然自在地在鄉村小道上走着。我眞替她們捏一把汗，擔心她們頭上的東西會突然滾下來。看她們彼此招呼，若無其事一般，不禁暗暗佩服她們的「頭腦功夫」，和步態的安祥。進入市區，你便有目不暇給之感，由中央向四週延伸的高速公路，一疊三數層的鬧區車道，一座，一座的陸橋和地下道，雨後春笋般的新建築物，高的達三十餘層。一切學校、機關、團體、店舖的名牌招牌，都改用了韓字，韓字的特點是圈圈多，半圓圈，四方圈，橢圓圈，小的圈圈像眼睛，大的圈圈像口，一眼望過去，好像所有建築物，都在亮着眼睛，張口而笑。市區好幾處，都闢了廣場，植有花木，還裝了一冲幾丈高，尾巴開花的噴泉，有些噴泉下面，還塑有石膏人像。這兒也喜歡塑造石膏人像，點綴生活情趣，華克山莊某一觀光飯店內，一進大門，便看到高過人身的石膏美人，曼妙多姿地，站在廳堂一角，歡迎佳賓。慶應大學和某一幼稚園內，也有少女和兒童的塑像，竪在校園中央。釜山某一觀光旅舘前，那三個一絲不掛，各自抓着一條大鯉魚在噴泉下傻笑的小男孩，尤其天眞可喜。這一切都說明求新，新的建設，新的生活情趣。可是，在這一片新的氣氛中，也流露出不少懷古幽情，和漢唐遺風。

漢城最有名的朝鮮旅館，一切設備都澈底的現代化，鮮明的色澤，十分惹眼。可是，你在電梯門前一站，那兩大幅裱在門上的中國山水畫，便雲推風送似的出現在你眼前，有如一陣輕輕的風迎面吹來，使你緊張的精神，突然一鬆，定睛然看去，泉瀑若瀉，山巒叠重，小橋、流水、人家，依稀夢裡河山。你不禁要又驚又喜的「呀！」然一聲，讚賞它的匠心獨具。另一觀光飯店寶塔旅館，高達二十餘層，因其形式像座直矗雲霄的寶塔，故名。一進大門，裱在屏風上的赤壁賦，像是主人迎客似的，斜斜地立在門內，向你發出會心的微笑，蒼勁的中國行書，可一點也沒使東坡先生洋化，俗化。進得門來，抬頭看去，大廳正上端掛的白緞底彩色線綉的大幅松鶴圖，大廳左側落地窗前幾張屏風上微風吹動的墨竹，都在幽幽地散發着中華文化的芳香哩。

雖然滿街是霓虹燈，並不像東京那樣亮得你心煩意亂。一些街燈的光亮都祇直接照在地面上，半空中仍是濛濛的夜色。顯得幽靜，和賦有詩意。尤其是在星月交輝，或是細雨濛濛的夜晚。一切觀光和樂育場所的燈光，都經過美化的燈罩重重掩映，像是早春的陽光一樣，祇柔柔暖暖地照耀着你，絕不煩你，刺激你。

最引人發思古之幽情的，是那五座李朝留下的宮殿，德壽宮現在用作國立美術館，「康德宮」是最大，也是建築最堂皇別緻的一座。該宮佔地甚廣，花木扶疏，鳥聲不絕，流水、小橋、池塘、亭榭、正殿、側院、寢宮、書院、御醫院，一座，一座，相隔而又相通，似遠實近，散落有緻。較其他四座宮殿，一排相連的建築，較有藝術趣味和創意。該宮曾於一五九二年，日本侵韓時被毁，後又重建，歷時十九年，始全部完成。樓台亭閣間，隱隱吐露出它昔日的輝煌，和今日的清冷，也吐露出中韓兩國歷史文化的淵源，和友誼。

李朝是韓國歷史上最長的一個朝代，一三九二—一九一〇年。中經五一八年。先後有十三位帝王，坐在這康德宮裡發號施令，處理國家的命運，和人民的命運，在這些亭台水榭間尋尋覓覓，尋找他們所需要的，和失落了的。李朝的開國皇帝，是位英明之主，李朝不但是韓國歷史上最長的一個朝代，也是文治武功最昌盛的一個朝代。韓國國立博物館裡面的文物，大多數都是李朝的遺物。其中還有好幾幅中國字畫。

據韓史載，我國唐朝，曾幫助新羅王朝，統一全韓。明代又曾幫助李朝擊退日本的侵略。不但中華文化隨着友誼在彼邦生根滋長，佛教也是四世紀時由我國傳入彼邦的，而且很快便在那兒蓬勃發展，深入人心。新羅王朝並藉它來作統治人民的精神武器。後因過度泛濫，產生反作用，腐化了政治。到了李朝，便廣闢坦途，使我國儒教順利發展，多方影響，以補佛教泛濫的缺點和偏差。而且收效極宏。在漢城的成均館大學，便是一所專門宏揚儒教的大學。校內建有孔子廟，

[illegible]，還有兩排祭孔時所用的樂器。該校師生，每年春秋二季，祭祀孔子，祭祀時有穿着韓國傳統服裝的樂隊演奏祭孔禮樂，儀式相當隆重。其他大學，也都設有中文系。李朝好幾個皇帝，都是文學家，也是漢學家。由於兩國傳統友誼，和歷代帝王的媒介和人民的愛好，韓國文化深受中華文化的影響。舉凡文學、美術、音樂、舞蹈、建築、陶磁等，以及人民的生活方式。都隱約可見中華文化的痕跡，和佛教色彩。

以這座康德宮的建築而言，無論正殿側院、亭台樓閣、如燕雀展翅的飛簷、鏤空刻花的門窗，以大紅爲主的濃重色彩，在中國人看來，都有面目依稀，似曾相識之感。這些建築物上，都掛有中文的直匾、横匾、或對聯，如大門便是「敦化門」，其他如「仁政殿」、「宣政殿」、「大造殿」、「寅合樓」、「魚水門」、「大樞亭」等，以其字面上的意義，就可略略窺見儒教精神，和佛教影響，當然也有它獨特的民族風格和創意。譬如整個建築分散而不集中，康德宮一共有二十五座大小不同，形式不同的亭榭，在不同的角度點綴着。它的另一特點，是由大門進來，通到其中主要建築物，都要經過一道雕有簡單花紋的石橋，一條人造小溪，穿貫着兩座這樣的石橋。可惜如今溪水已乾，無法欣賞游魚戲影的樂趣。

兩層飛簷，牌樓型的敦化門，是康德宮的正門，由敦化門兩旁伸出去一道高高的圍牆，環抱着這一片莊嚴神秘的地區。圍牆外沒有流紅葉的御溝環繞，以陪襯氣氛。由敦化門進來，經過一道石橋，便可看到仁政殿，仁政殿似乎是它的主題殿，它的建築比大造殿、宣政殿，都堂皇富麗，是大圈圈裡面一個小圈圈。它的正門，照樣是兩層飛簷的牌樓型。四方型的廻廊，像圍牆似的，環繞着它的四週。廻廊靠裡的一面，附有廳房，如今都作了展覽李朝遺物的場所。後面是一排樓房，樓房前面便是大紅描金，配以黃、藍，等色彩的正殿。該殿全部用木材建造，殿前是一大塊四方型的空地，植有樹木。要走上八九級木級，才能够到達正殿的前廊。廊的內面便是仁政殿的正廳，廳內的正上首，設有帝王的寶座，一張長沙發形的大紅木椅，又要走上幾道木級才能够坐上去，雖然是一昇再昇，高高在上，可是看上去既僵硬，又冰冷，一點不舒服，我想當年帝王就坐時，一定配有椅墊吧。殿內最大特色，是花型的吊燈，像是盛開半開的牡丹似的，大朶，小朶，高高低低地，從不同的角度由天花板上吊下來，大者合抱，花型吊燈的燈罩，好像是淡黃的綢類做的，飄飄蕩蕩，搖幌着淡淡的光色，頗有月移花影的妙趣，柔和了寶殿的嚴肅森冷氣氛，發揮了它的輝煌和諧氣氛，這兒便是昔日帝王接見外國使節，和臣屬的地方。其他宣政殿，大造殿……等，都在不同的角度陪襯它，建築形式，也大同小異。可見當年的李朝，也是以我儒家的「仁」爲最高政治理想，和最高的政治號召。

據說「魚水門」之得名，乃是形容門外的百姓，和門內的帝王，關係融洽，如魚得水，其樂融融，這些帝王，可眞會自我陶醉呢。冰玉池是一口方形的大井，井面四週鋪了石板。在它的附近，豎了一塊石碑，上刻「御筆冰玉池」幾個字，字跡娟逸，和大蘇彷彿相似。可見這位帝王對漢文造詣之深，因爲他深愛這一池明亮如冰，色澤如玉的清泉，不特賜了它一個美麗的名字，還做了一首五言詩，形容這一池清泉之美，和給與他的感應。並且常常一個人坐在池邊，望着這一池清泉遐思默想，宛如一個悠然物外的田園詩人。可能也是宋徽宗、李後主一流人物吧，不過，沒聽說他因此自誤誤國。許多亭台，都是一半伸展在水池中，池水澄清，游魚可數，半放的荷花，像是含羞的少女，亭亭地立在水中央，遠遠地向你微笑，却不讓你接近它。

幽深似海的密園，在殿院等建築物的儘後邊。那末廣大的面積，但見綠沉沉一片。偶有一角紅樓，一片亭影，由茂茂密密的樹蔭花影中露出來，渲染着它的神秘氣氛，和浪漫氣氛。據說，那是昔日帝王藏嬌納寵之所，單由它的芳名「密園」二字，你就可大興遐想了。

密園中雕樑畫棟的寅合樓，是四面臨水的兩層建築，面積相當大，光是樓下，就可坐幾十棹的賓客。四方型的樓房，四面皆空，祇有柱子，沒有牆壁。寬濶的廻廊環繞四週，廊外邊是石欄，欄外是如鏡般明澈的碧水。在樓後的水中央突出一片乾地，兩株大樹像兩把傘似的在那片土地上搖晃着，每株樹的枝葉中央，各亮了一盞美化了的電燈，一片柔和的光影，給碧油油的樹葉，和如鏡般的水波，鍍上一層淡淡的銀光，抹上一層輕輕的霧氛。噴泉，由不同的角度飛起來，散開去，發出大珠小珠落玉盤似的輕微聲響。泉影、燈光、珠玉聲，交織成一幅美麗的夜景，我想畫下它，却祇能畫在心上，不能描在紙上。這兒，是昔日帝王宴會賓客的場所，也是今日韓國政府宴請外賓的名勝地之一。我想酒闌人散後，賓客們回味無窮的，絕不是盤中物，而是這欲畫不成的良辰美景。

再沒有任何地方，較你置身這些宮殿中，更能體會出世事滄桑，浮生若夢之感了！芳草凄凄，落花飄零，你徘徊在這些亭台樓閣，池邊水榭間，彷彿處處都留有前朝人物的笑影和淚痕，多少纏綿的愛情故事，和政治上的狂風暴雨，在這兒演出和收場！可是，感傷氣氛最濃重的，還是另一端，那一長排單調的建築物，既沒有着上半點顏色，又沒花草陪襯情調，那便是帝王死後，他們的遺孀居住的寢宮。你在外面走過時，似乎還隱隱聽到輕輕的嘆息和飲泣聲，由那些緊閉着的門窗縫裡透露出來，李朝最後一位皇后，王夫死後，她歷經喪亂，始終孤獨、沉默，而又忠心耿耿地守在這座灰暗的建築物內，含悲帶淚，追念她的亡夫，直到一九六五年，她流下最後一點眼淚，嘆出最後一口氣。

華克山莊，在漢城的近郊，它是為紀念韓戰中陣亡的一位美國陸軍少將華克 Walker 而開闢的一個育樂中心。因為臨江，風光明媚，可以泛舟、游水、跑馬，其中建有五座現代化的觀光旅舘，十五座別墅。那些觀光旅舘多附設有室內游泳池，和室外游泳池，還有彈子房、網球場、音樂廳、舞池等，可說全盤西化，不過那些觀光旅館設有現代化的套房，也有韓式套房，矮矮的小圓棹，各色各樣的椅墊子，散在厚厚的地毯上，給你盤坐。在歌舞台上出現的，有地方性的面具舞，傳統舞蹈，和穿三點式泳裝的現代舞。行樂的氣氛，沖淡了悼念的氣氛，不過我倒頗欣賞那觀光飯店前培植的花草，蔦蘿繞牆，藍色的小花朵，散開在綠意盎盎的牆壁間，像碧空的星星，向來往的遊客眨眼睛。

仁川市，離漢城約二三十公里，和基隆一樣，是韓國吞吐貨物的港口之一。漢江便由這兒入海。一九五〇年北韓越界南侵，漢城陷落，舉世震驚，麥克阿瑟將軍統領聯合國大軍，奇兵獨出地在此登陸，以排山倒海之勢，直掃千軍，把北韓軍隊逼至鴨綠江畔，一戰成名，仁川也隨着麥克阿瑟的英名播揚四海。在仁川海灣有個月尾島，現已闢爲海水浴場，夏天這兒便是少男少女的天地。海水碧藍，海岸上綠油油的樹木，像綠紗簾一樣飄蕩着。韓國的婦女寫作協會便設在仁川。海天悠悠中，屹立著麥克阿瑟將軍的銅像，壯嚴英武，他目不轉睛地瞪着前方，好像準備抵拒一切洶湧而來的逆流濁浪。（上）

釜山，是韓戰中唯一沒有被破壞的城市。因爲臨海，也是觀光勝地，海濱觀光旅館林立。可是令人歷久難忘的，還是釜山近郊那一片廣大的高原。那一片綠油油，滿目凄迷的高麗草地，它面向浩瀚澎湃的東海，海上日出，金光四射，照耀着高麗草地上一排排的石碑，清晰地，刻劃着這些石碑所代表的莊嚴意義。每一塊石碑下，都長眠着一位來自世界不同地區的英雄。他們的年齡，多在二十左右，忽忽一瞥中，似乎土耳其籍的最多，這便是北韓南侵，聯合國出兵阻擋，直到雙方協議停戰爲止，聯軍的陣亡將士墓，當年參戰者，一共有十六個國家，最使人觸目驚心的，是一個挪威母親，爲她的愛兒所立的紀念碑，字裡行間，血淚斑斑。公墓附近，還有一座小小的，哥德式建築的祠廟，供奉着陣亡將士們的靈位。參與國的旗幟，招魂似的，在半空中飄蕩着，空曠寂寥，間有一兩聲鳥語，撫慰這些長眠異國的英靈。東海的濤聲，遠遠地傳過來，像是悼念他們的輓歌，也像抗議這些愚狂行爲的怒號！

「平靜地安息吧，東海有情，將引載你們魂歸故國，進入慈母愛妻的夢魂中！」離去時，我回轉頭向那些長眠異國的英雄說，「你們也將永遠活在這些自由人民的心中！」

名震全球的板門店，實際上一間店舖，一戶人家，連一個普通的老百姓都沒有。這條曲折多風的神經地帶，長約一五五里，寬約二里半，是南北韓血戰三年，一九五〇——一九五三。聯合國軍隊協助南韓收復失土後，蘇聯建議雙方停戰，透過聯合國，得雙方同意簽約，由聯合國軍隊監督，在原來分界的三十八度緯線上，雙方各讓出二千公尺，作爲非軍事地帶，亦卽雙方武裝部隊不得侵入的中間線道，實際上那種劍拔弩張的緊張情勢，和軍事地帶毫無兩樣。在不同角度的碉堡中，雙方守望的士兵，不時用望遠鏡窺探着對方的每一動靜，有時彼此相對而望，各不相議。十七年來，每一年的每一天，美軍的監視部隊小心翼翼地在靠南的兩千公尺內巡邏着，深怕一不小心，觸上對方偷偷埋伏在這條線道內的地雷，因爲發生過這種情形，更不敢越雷池半步地一脚踏到二千公尺以北的地區去。南韓部隊，便在聯軍(卽美軍)的稍後地區巡邏着；北韓部隊，在聯軍的緊對面的兩千公尺內巡邏。因爲相距咫尺，所以衝突時起。隔不多時對方（北韓）便有一次間發性的突擊或偷襲，不是暗殺了巡邏守望的士兵，就是射殺或擄走了觀光客或老百姓。去年一次大規模的偷襲，是一個三十餘人組成的敢死隊，想溜到漢城把朴正熙總統駕走，結果少數被擊斃，其餘全部被俘。

在這神經地帶的正中央，有七座一字排型的簡單平房。每座相隔祇有七八尺寬，四座藍色的屬聯軍，三座白色的屬北韓，在斜角上一座白色的是雙方的聯合辦公廳和會議室。中央打横擺了一張會議棹。這張會議棹，恰恰放在三十八度緯線的分界線上，一半屬南韓，一半屬北韓，棹面的兩端各豎了一面小旗，一面代表聯軍，一面代表北韓，棹子南面是四個聯軍代表，和一個南韓代表的席次，北面是四個北韓代表，和一個大陸共匪代表的席次，會議室兩旁還有南韓和大陸共匪代表的席次。據說棹上北韓的小旗看起來比聯軍的高些大些，是被人偷偷加高加大了。南面聯軍代表的坐椅又被人偷偷鋸矮了幾寸，所以開起會來，北韓代表總是高高在上的坐在那裡，睨着那高人一等似的小旗，頗有不可一世之概。十七年來，雙方代表坐在這裡總共開過三百餘次會議，會議最長的時間是十一小時，最短祇十幾分鐘，話不投機，一聚便散。開會時沒有主席，也沒有什麼程序，任何一方認爲有必要隨時可以召集會議，但雙方祇准推派一人代表發言。有時對方（北韓）一落坐就破口大罵，一直罵到散會前的最後一分鐘才罷，也有整整三小時，彼此僵持，默無一語的紀錄。集會的原因，多因發生武裝衝突，或觀光客被擄去，以及偷襲、侵越等行爲，可是無論是據理力爭、反覆辯論，甚至吵得天翻地覆，從來沒有得到合理的答覆或解決，儘管不曾有過結論，會議照樣開下去。偷襲、侵越事件也照樣層出不窮。

面對這一字排的幾座房屋，聯軍建了一座類似畫舫的自由亭，高達三層，十分美觀，裡面展覽着一些南韓經建等資料，據說自由亭落成後不久，對方也立即動工，在不遠處正在建造一座什麼亭，來分庭抗禮。自由亭的北面，有一座小山坡，訪問板門店的人，總要站在那兒向北眺望一番，每次限十餘人。一批看了回來，另一批再去，小坡上還放了一座梯型的長排木架，站上去當然看得更遠些，可是很少人爬上去。在不遠的碉堡中，實彈實子的槍炮，正向這兒瞄準，堡內伸出來的人頭，清晰可數，對方高興，隨時可以扣板機。在這廣大平原的不遠處，間隔地打橫豎了一排黃色木牌，這便是北韓和這非軍事地的分界標示。由於這攔腰一斷，這艘斜泊海灣的船隻似的島國，便成了兩個不同的天地，船首屬南韓，船尾屬北韓，緊靠黃色木牌的分界線，有一條小河，河上有一座石橋，石橋南端恰恰蓋在分界線上，這便是連接南北韓的要道，聯軍叫它無歸橋，

"The Bridge of No return." 意思說：經過此橋被擄去北韓的人，是永遠一去無返了！離小橋北面不遠處，有座白色建築物，據說，那便是北韓的國立博物院。難道平壤就在前面麼？透過我心靈的眼睛，我彷彿看到鴨綠江那邊的大陸河山，和在一片荒漠中蹣跚着的善良無告的同胞！時當盛夏，正是大陸收割的季節，可是現在有誰在收割呢？收割了又給誰呢？在他們一片荒漠的心靈中，萬萬想不到在這異國的一角，經常有他們自己的同胞，懷着無限沉重的心情，在眺望他們吧，在楞楞地眺望他們吧！

「請諸位不要把照相機對着北韓拍攝，怕被對方槍擊，」聯軍的導遊人員，一再提醒大家，「但在南面的任何地區，你儘可拍所欲拍！」訪問板門店，緊張而刺激，可是，你也得眞有點勇氣，一路上，那位聯軍的導遊人員彼得上尉，一再告訴大家，進入非軍事區觀光，要緊跟團體行動，絕不可一個人單獨的趕在前面，或落在後面，更不可冒失地，一脚踏進與聯軍辦公室緊隣的白色房屋裡去。因爲過去曾有訪問客被北韓擄了去，開會交涉，一直沒有得到結果。他還發給每人一枚來賓證，要大家扣在前襟的顯明處，不可失落。還要每一個人在一張志願書上簽名，意即發生任何事件，自行負責。車子快近非軍事區時，隱約聽到遠處傳來的槍聲，眞有點風聲鶴唳，草木皆兵之感。令人奇怪的是，近分界區兩旁的森林，一些參天古木都枯死了，光禿禿的枝椏，在天空畫着一片蒼凉的戰地景色。難道春之女神，也受不了這份緊張沉悶的氣氛，遠走高飛了？

舞蹈和音樂，是韓國人民生活的一部份，聞歌起舞的場面，並不限於娛樂場所和學校，在廣大的農村和家庭，都是司空見慣的事。韓國現在流行的音樂，有地方音樂，我國的傳統音樂，和西樂，我國的樂器如鑼、鼓、喇叭、古箏、古琴、琵琶、胡琴、月琴、笙、簫、笛，等，都在韓國廣被應用，他們還有一套祭祀孔子的舞樂，和堯舜之歌。也許有些樂器和樂曲，在我國已經失傳，而在彼邦發揚光大。韓國的民族舞蹈，尤其值得稱道，無論就舞藝、服飾、舞樂，舞台設計，內涵和形式來說，都發揮了東方文化的特質。也發揮了這個島國人民充沛的生命活力和鬱勃的情感。它的最大特色，是舞蹈時輔以傳統音樂，使歌與舞相輔，相得而益彰。

漢城市民大會堂 Citijen's Hall 音樂廳的設計是觀衆席，（也許是貴賓席）一律設在樓座，樓座離舞台有相當距離，觀賞時有霧裡看花，隔簾觀月的矇矓美。較樓下一二三排坐位，彼此面面相對，一目了然的情況，更能掩短揚長，有更高的藝術效果。舞台的前面低下兩層，如梯級型，作爲樂姬的坐席，歌舞時，樂姬分兩排盤坐梯級地上，每人面前放着一面古琴，樂姬和舞姬一律穿着韓國傳統的女服，隨着舞蹈的節目，變換髮型。或挽小髻，或梳長辮，由於燈光的指引，無須換景，舞台上時而麗影蹁躚，群姬起舞。時而樂聲繞樑，樂姬撫琴。她們一面輕攏慢撚，一面婉囀歌唱。音色樂而不淫，哀而不怨，美而不蕩，古意盎然。舞蹈節目中，以鼓舞最爲精彩，使我想起梁紅玉擊鼓助戰的故事。舞姬每人身上掛了一面小鼓，雙手執槌，一面歌舞，一面擊鼓，舞台中央，還成直條地，擺了兩排鼓架。每排架上各掛了十來面小鼓，舞蹈的主角，隨着音樂的節拍，在這兩排鼓的中央和四週，廻旋飛舞，領導群姬，或敲鼓邊，或擊鼓心，急槌緩敲，各得其妙，或如萬馬奔騰，風雨驟至，或如曉風殘月，古寺鐘聲，使觀賞者的心情，時而緊張熱烈，如臨陣地，時而心曠神怡，如浴春風，可說已湊化境。月下舞，卻又給人另一種感受。舞台上是一片淒迷柔和的畫面，濛濛夜色中，漾着點點星光，和欲圓未圓的月影，一群拖着長長的髮辮，飄蕩着淡藍色長裙的麗人，在這濛濛的月影星光下，婆娑起舞，舞姿曼妙輕盈，宛如凌風駕霧，飄飄欲仙。在縷縷不盡的柔婉歌聲，和巧妙的燈光渲染下，令人有飄飄渺渺，如登仙境，如入夢鄉之感。我不禁又想起唐明皇的霓裳羽衣舞來。宛如彩蝶紛飛的扇舞，是舞姬雙手各執一柄大摺扇，隨着音樂的旋律，翻飛舞動，摺扇時張時合，時起時落，好像蝴蝶的翅膀一樣。這些添了翅膀的麗人兒，有時像一群戲花的蝴蝶在飛飄，有時重重疊疊地團轉旋舞，整個兒像是一朵牡丹花在微風中顫動。那些人造翅膀，便是牡丹花瓣兒。又使我想起「桃花扇」的哀艷故事。

歡欣鼓舞的農樂舞出場時，有人手捧一面大旗前導，上書「農者天下之大本」幾個中國字。急管繁弦，引領着載歌載舞的歡欣氣氛。配合着部份象徵性的農具，和象徵性的耕作動作，充分反應了人民的生活，和農民在收割時那種勤奮合作，歡欣鼓舞的精神，以上略舉數端，可見一斑。還有一種面具舞，似乎是根據一些寓言故事演出的。舞蹈者有男有女，各依據所扮演的故事角色、穿着不同的服裝，戴着不同的面具出場。有些面具竟是高鼻，綠眼的西洋人，因不懂故事內容，也不知其中奥妙。記得韓國舞蹈團在臺演出時，節目中除了祀孔舞樂，堯舜之歌，還有歌頌大禹的舞樂，可見其對我傳統文化，和先聖先賢的嚮往。

由此，可知韓國政府，年來不但在國防建設，經濟建設各方面在急起直追，在整理並發揚傳統文化，創建新文化方面，也下過一番苦功。他們不但有系統，有計劃地出版了古今詩歌，散文，小說等傑作的英譯本。還出版了彩色挿圖，介紹他們的民族音樂和舞蹈的精印專册。爲了發展觀光事業，增進國際了解，精印了彩色挿圖，簡明而有系統地介紹南韓的專册。內分歷史、地理、人民、氣候、教育文化、宗教、風俗、農、漁、礦業、名勝古蹟……等類。而各重要城市、如漢城、釜山、慶州等地方政府、也都各自精印了介紹當地風光文物的專册。使一般觀光客一目了然該國的種種情況。一些古蹟名勝。也經過一番整修，不但整修了名勝古蹟的本身，也整修了來往的交通道路，並保持了環境的清潔，通過任何名勝古蹟的道路，沒有發現菓皮、紙屑、或亂草落葉。

在我們走馬看花的行程中，還忽忽一瞥地看到了他們部份工廠的建築，但沒有時間入內參觀，就我個人所見到的韓國出產品來說，韓國的眞絲織品綢緞類，和紫晶、茶晶等寶石的飾物，都相當精緻，一般日用品如傘、女皮鞋、女手提包等，也都不錯，可是價格都很高，高出臺灣的相同產品，寶石飾物的價格，也高過臺灣的珊瑚和玉石飾物。值得稱道的是紙張，不但產品精良，價格也公道，所以印刷出來的畫冊、書刊都很美觀，一些大的觀光飯店的洗手間，都以紙巾代替毛巾，沾水不破，既美觀，又衞生。此外塑膠製品也頂不錯，一些塑膠的家庭用具如小花籃、菓盤之類多以竹類木材類的自然色代替大紅大綠。人造鮮花和羽毛花，也多以淡雅的顏色出之，一點不俗氣。洋囡囡和小猫小狗之類的玩意，也都做得栩栩欲活，妙趣橫生。我最欣賞那輕攏慢撚，撫弄古琴的小麗人，給與人那份典雅氣氛。有趣的是，韓國人民是以嗜好鹹辣食品聞於世的，可是食品店裡買不到蘇打餅乾和鹹麵包，幾乎所有食品都是甜蜜蜜的，甜得令人吃不消。是否這些近觀光旅館的食品店內的食品，是專爲對付外來觀光客的呢？眞有點令人費解。

一般說來，韓國人民多數坦誠而樸質，對民族的尊嚴，和個人的尊嚴，都非常重視和敏感。在一些國際活動的場合，他們毫不掩飾對中國人的那份傳統友誼。也以身爲韓國人爲榮。處處表示他們對自己國家的熱愛，舉例來說，曾有一位韓國女作家，送了我一襲長裙及地的韓國傳統女禮服。有一次，我穿了去參加一個農場主人的晚宴。由幫我穿着的旅館阿巴桑，以及茶房、帳房，幾乎當晚所有見到我的韓國人，都曾站在我面前大大地誇讚我一番，說我穿了韓國服裝是如何出衆。還有記者來訪問，一再問我這襲衣服的來源，我穿了作何感想。言下都有韓國女服是世界上最好看的女服之意。韓國也自製煙酒和冷飲。他們總以自製的煙酒招待外賓。有些場合我們飲了咖啡，他們總還勸我們嚐嚐他們自己製造的冷飲。正式的宴會，吃魚類飲綠酒，吃肉類飲紅酒，紅酒綠酒顏色都很美，杯盞也很精緻。不過食物很簡單，不但魚翅燕窩之類絕跡，鷄鴨魚肉，也不會一齊出場。蔬菜都是生吃，考究的，加上點沙拉油罷了。可是他們很會安排節目，培養氣氛，娛悅賓客，一些國際文化活動，政府首長邀宴，多分別安排在不同的風景觀光勝地。並有傳統的舞蹈音樂助興，既可藉以傳播該國文化，又可增進國際了解。國際筆會總會秘書長大衛卡浮"David Corver"在國際筆會三十七屆年會的閉幕典禮上，曾一再稱讚他們是可愛的人民"The Charming People"。可見文藝氣氛，確實能够感動人心。

能幹、活潑、熱情，是韓國婦女給與一般外人的印像。她們愛好社交活動，也會安排社交活動。和一個見一兩面的異國友人談得投機時，她們會把自己的家庭，和丈夫兒女間的趣事，甚至她的姐姐妹妹的羅曼史，都一古腦兒告訴你。那份親切，使你有如歸故鄉之感。在一般正規的社交活動中，却是有板有眼，毫不隨便，中上層婦女參加正式宴會或典禮，都是穿長裙及地的傳統禮服。手拿正式宴會用的精緻小手包，脚踏專配韓式女禮服的韓式平底鞋。或是正規的西服（極少數）。一般中上家庭，正式邀請外賓到家茶叙，女主人也穿禮服，盛裝迎候，氣派大方典雅。職業婦女上辦公廳，出外旅行，家庭婦女上街購物等，多穿簡便西服。雖然，婦女在社會上很活躍，家庭，仍爲一般婦女身心所寄的天地。我國儒教，對韓國的政治、文化、社會各方面，都曾發生重大影響，可是沒有影響到男女觀念。自古迄今，韓國婦女婚後，都一直保持娘家的姓氏，旣不改姓，也不在原來的姓名上冠以夫姓。他們認爲女子結婚後，她的身心仍屬生她育她的父母。和儒家的「在家從父，出嫁從夫，夫死從子」的說法，大不相同。

一般男士，除在家時偶爾穿穿傳統服裝，出外旅行，或參加宴會典禮，都穿西服，男式傳統服，衹有舞蹈或演奏傳統音樂時的演員們穿着亮相。一般人民的服裝，都很簡樸，街上行人來往，沒有奇裝異服的少男少女，也沒有蓬首垢面，男女不分的嬉皮。一般人民的住宅，有傳統的韓式、日本式、和西式，也有不韓、不日、不西混合三式爲一體的建築和家庭設備。可是冬天取暖的方式，却是一律沿用我國北方的古老辦法，在水泥地底下燃燒物體，熱氣由下而上，充滿一屋。卽最現代化的建築物，也沿用這古老辦法，極少裝設壁爐，或以其他方式取暖的。

佛教因爲最先爲韓國人民所接受，普及全國，歷史悠久，成爲他們的國教。寺廟的建築，普及城市鄉村，寺廟的鐘聲，也響遍城市鄉村。佛的生日，民間舉行龍燈會慶祝，和我們過元宵節一樣。基督教，和天主教在一些城鎮也建有禮拜堂，但其聲勢和影響力，都不能和佛教比。簡言之，這是一個溶滙着東方和西方，傳統的，和現代的文化於一爐的國度，有新鮮的刺激，也有往古的遺韻，正如大衞卡浮所說，這是一個可愛的民族。舉國上下，勵精圖治，一片蓬勃的朝氣。可是，在這一片蓬勃的朝氣中，也不是沒有暗影和隱憂，板門店就是一個不時發炎的大創痕。此外，物價高，生活程度高，美鈔黑市和官價差額很大。以此類推，一般人民的生活，是否穩定？公務員的薪津，是否可以維持生活？這都是值得研究的問題。而且在這一片建築聲中，也不是沒有漏洞和缺點，一陣驟雨後，一些僻靜街道、車輛通過，一片嘩啦、嘩啦的水聲，和臺北一樣。馬路上的交通情況，和車輛的喧嘩聲，也和臺北不相上下。最好笑，是我們在釜山觀光時，那個觀光旅館的老板，在我們即將離去之傾，派了一位公共關係人員，來到我們等待出發的遊覽車上，大致歡送詞，美式英語，倒說得相當流利，說了一套客氣話之後，便說他們這家旅店過去招待過歐洲某某總統、某某王子、某某國務總理，請我們回去告訴去韓觀光的朋友，多多光臨……等，不禁使我們想起當天早上，每一個房間的洗手間的水龍頭，流出來濃得化不開的黃泥漿，使我們無法洗臉的狼狽，眞有點啼笑皆非呢。

但我相信，以我們友邦人士的智慧、勇氣、和毅力，這些暗影和隱憂，以及一些小小的漏洞和缺點，都會遲早克服、改進的，謹以祝福的心情，樂觀其成。

韓國的華僑

中華民國駐韓大使館的建築，是所有駐韓使館中，最宏偉壯觀，最能表達自己國家文化的一座，兩層雕簷，樓臺式的半月型大門，庭園佔地三千餘坪，亭台花木，鳥蝶穿飛，詩趣盎然。庭院中還有一株枝幹蒼勁的古木,像是一位渾身是膽的壯士,昂首挺胸的站在那裡。正廈是一座六層樓的建築,有電梯上下,正廈前面有小亭遮蓋的臺階,臺階前那一排龍柏,龍柏前那一片花壇,花壇中央那一大朵國花(梅),都深具匠意。正廈二樓的中正廳,是舉行較大集會和酒會的場所,內懸 總統所題「親仁善鄰」的橫匾,和 總統半身戎裝彩色玉照。六樓的貴賓室伸展出一片大陽台,站在上面可以俯瞰漢城全景。這座新廈是民國五十六年,唐縱大使任內開始建築的,歷時二年餘始全部完成,共計一千二百餘建坪,政府派駐漢城各單位人員,可以全部集中在此辦公,無須花費另覓房屋。

我在韓華僑共有三萬餘人,百分之九十為山東人,以經營餐館業者最多,但百分之七十是經營小麵食店,祇有極少數擁有像樣的房屋,可以開出酒席來。在仁川、大邱幾處,也有幾位華僑當鐵工廠長,部份華僑在鐵工廠工作。此外,還有開中藥店和雜貨店的。一般來說,都是小本經營,不像菲律賓、南洋一帶的華僑,擁有雄厚資產,創有赫赫的事業。不過,也沒有一貧如洗,無以為生,或游手好閒,不務正業的。都是安分守己勤勞儉樸的良民,大致生活都還過得去。有些華僑擁有產業的,過去也發生過產權糾紛,因為過去在韓僑胞,本人不能在韓置產,多與韓國女子結婚,以妻的名義,在韓購置產業,如果夫妻感情破裂,鬧到分居離婚時,僑胞產權,便成問題。在唐大使任內,經與彼邦人士一再交涉結果,現僑胞地產在一百坪以內者,可以本人名義持有。儘管經濟事業上，韓國華僑還在慘淡經營階段，他們也有大可驕傲的地方，全韓華僑子弟，沒有一個不是說祖國語言，用祖國文字，受完整的祖國教育的。全韓（南）有五十三所華僑國民學校，三所華僑高中，二所華僑初中，每個華僑團體都集資創辦一所華僑學校，讓自己的子弟受完整的祖國教育。所有中小學的課本，都是教育部核定的，和國內中、小學課本完全一樣。學校的人事行政制度，也和國內相同。這在全球的僑教情況來說，是最突出的現象，不但華僑子弟全都在僑校受教育，還有幾個韓國孩子在我僑校唸書，由此也可看出，雖然在經濟上，韓國政府有他們自己的作法和打算，對我國文化，還是很尊重的。記得我們去漢城參加國際筆會三十七屆大會的一行，在到達漢城的當天下午，便到我駐韓大使館去拜訪唐大使，由大使館出來，沒走幾步，突然聽到我們的國歌在空中飄揚，大家不覺一怔，帶領我們來的僑胞說，大使館隔鄰便是華僑小學，大家都同聲說去參觀，參觀。我們進去時，校園中一大群（該校有學生千餘人）穿着中國服裝的男囡、女囡，正立正的站在那裡，仰望着飄飄下降的國旗，高聲唱國歌，其時，太陽的餘暉正慈愛地籠罩着這座校園，籠罩着這一群生龍活虎般的小囡囡們，我們之中好幾位都被這莊嚴輝煌的景象，感動得老淚縱橫，說不出話來！

麗清和漢城

麗清像是一道陽光，好多，好多年來，每當我最軟弱，對人生感到懷疑的時候，她便飄然而來，出現在我面前，「不要流淚，不要徬徨，永遠不要停止你的脚步。」面對一片紛亂的世界，她向我微笑；她的來，有時固然帶給我勇氣和鼓勵，有時也使我感到一陣淒惻和無窮的悵惘，因爲，她帶回了我生命中逐漸淡忘的那一段時光，那些夢，那些感受，那完全屬於「一個小女孩的世界」的一切。令你低徊不置，却又抓不住，摸不着，挽不回的……近幾個月來，她的出現，更到達了高潮，不僅在惹人淸淚的黃昏，月落烏啼的午夜出現，就是人聲喧聒的會議場上，（如亞洲作家會議、國際筆會三十七屆大會。）湖影風光的風景勝地，那驚鴻一瞥的倩影，也常使得我發楞半晌，熱淚潸然！

「麗清，你現在那裡？漢城嗎？」我常常向那倩影發出問號，想得到答案，却又一直沒有得到。有時，我自己也糊塗起來，不知究竟是夢把麗清帶了來，還是麗清帶來了夢。也是由於麗清，漢城成了比世界上任何美麗地區，都有吸引力的地理名詞，除了我自己的國土。

於是，我毅然決然，坐上了直達漢城的中航班機，在飛機上，望着窗外如幻如夢的雲山雲海，想着我和麗清的一段交往：記得那是一個秋風瑟瑟的黃昏，在華中一所女子中學的校園內，我斜着靠一株梧桐樹，把雙腿伸直，坐在草地上看書。忽然，眼前一暗，我由書本上抬起頭來，一道藍色的人影，在我面前飄然而過，過去了，又回過頭來：

「不早哪，該是自修的時候了！」她微微一笑說。

我跟着站起身來，走向她，「哈，除了你和我，半個影兒都沒有了！」

「可不是，大概自修鈴已打過了，我是個呆子，有了好書，什麼也聽不到，看不見！」

「我也是，」我笑起來，側轉頭望着她，「看什麼好書？」

她把手中的書向我眼前亮亮，笑笑，沒出聲。

原來她在讀「唐詩三百首，」我也把我手中的書向她眼前伸過去。

「飲水詞呀，我也喜歡，」她看了一眼，接過去，看我唸到什麼地方。因爲，我還沒有把它合攏來。「不過，我頂喜歡的，還是杜甫的詩，他寫的，好像都是我心裡想說的話，自己又無法把它表達出來，唉，杜甫的詩，眞代表了千萬人的心聲，萬古常新，好偉大！」

我楞住了，唐詩三百首中，李白、杜甫的詩，我差不多都會背，那是小時候祖父教我的。可是，使我心醉，魂牽夢縈的，却是李淸照、李商隱、黃仲則、龔自珍、納蘭性德等氏纏綿悱惻，廻腸盪氣之作。雖然，我和麗淸年齡差不多，後來發覺許多方面，她都比我成熟。因爲她是這學期才挿進來的，彼此雖然面熟，因爲不同班，都不知道彼此的姓名。她告訴我她叫李麗淸，很快我們便成了朋友。因爲，我們都喜歡利用黃昏這一段休閒時間，坐在校園草地上，閱讀自己喜愛的書，很少在另一端喧笑奔馳的人群中出現。我很欣賞她那一份凝靜，那一份恬淡柔和，與她相對，眞有如沐春風之感。可是，有一個假日的淸晨，她却使我大吃一驚。那天我們又不約而同來到校園，我正想坐下來看看書，應付次日的考試，看到國旗正沿着旗竿緩緩上昇，我們便面向國旗，並排站着，一直看着國旗昇到旗竿頂端，迎風飄展，我才側轉頭去，想和她說點什麼，不料她突然雙手蒙住臉孔，像個孩子似的哭起來，我一時莫名其妙，不知所措。

「好端端的爲什麼哭起來？麗淸，家裡有人生病嗎？」

她嗚咽着直搖頭，越哭越利害。

「有什麼委屈嗎？是不是你自己有什麼心事，或者身體不舒服，我送你回去好不好？」

她的頭照舊搖，搖落了點點淸淚。「我，我！」她終於抽咽着說，「我從來沒有看到過我們的國旗在空中飄，也沒有看到自己的祖國是什麼模樣。」

「你說甚麼？」我更莫名其妙了。

「我是失去祖國的高麗人呵，你想不到吧？」

這眞是想不到，我趕緊握住她的手，又驚訝，又感動，不知說什麼好。

「你想想，每當我看到你們的國旗在天空飄，和你們一道唱國歌時，我心裡是什麼感受！」她斷斷續續的抽咽着，「你是個幸福的人呵，我好羨慕你，羨慕你自由自在地，生活在自己美麗的國土上。」

「麗淸，甭儘哭好不好，事在人爲，總有一天，你們會收復失土，你們的祖國會復興起來……」我好容易想出這幾句話來安慰她。世事滄桑，我當年用以安慰麗淸的話，如今成了事實。而我自己，却是有家歸不得，如果我和麗淸再相逢時，彼此的感受又當如何？可是麗淸呢？她的一家人呢？我這次去漢城，是否和麗淸有重逢的機會？

窗外，那排山倒海，迎面撲來的白雲，已完全消逝。展現眼前的，是一片金碧輝煌，驚心動魄的奇觀，一碧如洗的蒼穹，和藍透人心的海洋連在一起了！海天相接處，那飛濺着的，飛濺着的銀花，像是一群群穿着鑽石衣服的小仙女，在載歌載舞，飛躍奔騰！陽光，像又細又密的金色紗簾，從四面八方往下垂，深深淺淺，疏疏密密地往下垂；又好像有一隻偉大的手，把細細的金色沙粒，細細的金色絲線，往下撒，往下抛；那浩瀚波動，像玻璃鏡子般碧藍透亮的海洋呵，却疏疏落落地，載滿了瑞雪般的潔白花朶，大的牡丹、百合、芍藥、秋菊、和荷花、小的雪梅、茉莉、小丁杳，都如小精靈般在海面上歌舞，追逐；還有，還有，那太陽神阿波羅，又在海面上勾出了大片，中片，小片的荷葉，桑葉，海棠葉，蒼綠的脈莖，黃金的邊緣，金邊外，還鑲了碧綠透亮的翡翠，翡翠的儘外邊，是重重叠叠，大顆、小顆的鑽石，……還有，還有；月亮和星星。一齊陪着阿波羅在碧空中閃光發亮，像是無數天神和仙女的眼睛，在閃閃發亮，在窺視下方的奇景吧，這一切，都是活跳跳的，有聲息，有生命，幻變無窮的。

我感覺自己的生命也在飛揚，飛揚在大空之中，飛揚在海洋之上；又懷疑自己在作夢，這祇是一場瑰麗的夢境，趕緊拿手帕擦了擦眼，驚疑不定地，向鄰座的同行作家們說：「你們看到沒有？窗外的景色，碧空中，除了太陽，還有月亮，星星在閃灼；而海洋呵，却載滿了會歌會舞的鮮花，飛躍滾動的珠寶；我眞想不透，那幾片大小不同，鑲着黃金、翡翠、和鑽石的葉子，是怎麼來的？」

「哈，眞的，好美，好美的一幅奇景。」他們說：「那些大片、小片的葉子，邊緣上飛滾着鑽石的，好像，好像，是島嶼哩！」

「哦，」謎底揭開，我恍然了，那隻偉大的手，爲什麼要把金色的細沙往下撒，把金色的細紗簾子到處掛，爲的是要照顧那些島嶼上的衆生，他自己手創的子民，使他們人人都能得到溫暖和護持……。

就在我禮拜，欣喜的刹那間突然聽到低沉悽惻的話語聲：「既然上帝造萬物，無所不能，爲什麼這個世界如此悲慘？」

「哦，麗清！」我記得這是麗清和我說過的話，麗清也有她軟弱的時候。一瞬間，窗外的景色，完全改觀了，星月無華，愁雲滿目，一片暗淡中，麗清，麗清的一家人，有如活動電影一般，在海面上閃動，碧波中，還傳來了那感人肺腑的歌聲，琴音…………

是的，這是普天同慶的除夕，在漢口，麗清一家人，正圍着一張矮圓棹、盤坐地上，地板上擺了椅墊子。他們都穿着又長又寬鬆的長袍，這是他們的傳統服裝。祇有我一個外人，寒假祇有兩星期，我沒有回故鄉，被請來過年。

大家坐定後，麗清的爸坐直了身軀，右手向上一擧，開始說話，因爲說的是韓國話，我一句也不懂。他爸說完，他們大家又在同一時間，說了同樣的一句話，好像演戲一樣，因爲他們個個表情嚴肅，也不覺得好笑。其實，他們都會說中國話，國語發音，比我還標準。他爸又向麗清說了兩句什麼，然後才拿起筷子，向我示意開始用膳。麗清隨卽告訴我說：她爸要她告訴我，他們之說韓國話，是要保持他們的傳統習慣，無論身在何方，家人相聚，祇說國語。尤其是逢年過節，那怕有外人在坐，也不破例。她又告訴我，她爸起箸前那一段話，是每年過年都要說的，大意是：我們不要忘記我們是亡國之民，自己的國土被人强佔，自己的同胞被人奴役；儘管我們現在生活還過得去，中國人也對我們同情友好，可是，國內被異族奴役的同胞，以及許多流亡在外的父老兄弟，此夜此時，不知是什麼情況。大家不要忘記雪恥復國的責任等。而他們一致回答她爸的話是：「那怕粉身碎骨，絕對不忘復國雪恥！」

望着這一家人，我當時有讀「最後一課」時，那種想哭的感覺。想不到，感人心處還在後頭。飯後，她媽拿來一張長長的古琴，她盤坐地上，將琴橫擺在她自己面前，用手指調了調琴音，便一面撫琴，一面輕唱起來，琴音低沉哀切，歌聲如泣如訴，漸漸地，圍坐靜聽的家人，眼中都湧上了淚水。我心裡想，今晚是除夕嘛，何必唱這惹人清淚的歌呢。突然，琴音一轉，高揚奮起，有如萬馬奔騰，戰鼓齊發；我一楞，他們全家人都跟着唱起來了，獨唱變成了合唱，連麗清白髮滿頭的祖母也不例外。歌聲悲壯激昂，如臨陣地，他們一面唱，一面流淚，來來回回，唱了好幾遍。歌聲甫歇，麗清的爸，舉起右手一揮，一句話也沒說，就伏在棹上痛哭起來。我不知道他們唱些甚麼，可是那情景，那氣氛感染了我，我的眼淚好像入境隨俗似的，流滿一面。麗清的媽看到了，趕緊說：「對不起、對不起，」要麗清給我水洗臉。後來，麗清曾把這歌詞寫給我，我把它記在日記本上。看來有幾處字韻欠妥，顯然沒有經過藻飾琢磨，但肺腑之音，感人至深，爲了求眞，一字不改如下：

獨唱：佳節良辰去復來，亡國流民不勝哀，東南西北到處撞，何處爲家歸去來？錦繡河山被人佔，四海茫茫無立錐；水上浮萍隨風盪，斷線風箏半空垂！風瀟瀟兮雨搖搖，春滿人間我心秋，心秋合成愁，不堪回首故園望，寸寸江山血淚流！

合唱：「國旗在我們心中飄，戰鼓在我們心上敲，我們的心在怒號在怒號；誓把國旗揮回我們的國土上，迎着朝陽四處飄，四處飄；誓把國歌同聲唱，響徹雲霄，響徹雲霄，我們的國旗在天空飄，在天空飄；我們的國歌響徹雲霄，響徹雲霄！」

麗清告訴我說，這歌詞是她父親寫的，他父親又把它譜成曲，教給她媽彈奏。

「你不是說，你父親是個生意人嗎？」

「做生意，是爲了一家人的生活，我們流浪了好幾年，才在這兒住下來，我爸雖不是什麼學者，作家一流人物，也讀過幾年書呵！」麗清回答我說。

在這一片淚光中，所流露出人性不可屈辱的尊嚴，在我稚弱的心靈中，留下了永難磨滅的印象，我當時不但默禱上蒼，保佑他們雪恥復國，也相信他們能够完成心願。也從此，我和麗清，成了莫逆之交。

暑期，武漢酷熱，麗清和我，一同回到我的老家渡假。因爲我家鄉居，房子寬大，人口少。

我的祖母、母親都希望我們姊妹帶同學回去消夏。麗清愛好自然，在大自然的懷抱中，她快樂得像隻毛羽剛豐的小鴿子。我們藏在柳蔭深處釣魚，在碧波如鏡的小河裡泛舟，伴著牧牛羊的小姑娘們在田野間漫步，一片蟬聲中，望着滿天晚霞，編織各自的夢境。她還跟我祖父學習做詩塡詞，畫山水畫，不但我祖母、母親喜歡她，我祖父也很欣賞這個才高心細的小弟子。相信她專一的話，前途無量。可是，麗清和我說，儘管她愛好文學藝術，她想將來學護士，因爲她的家人，都希望她能成爲一個出色的醫護人員，好報効國家。並且說，她哥哥這學期高中畢業，馬上就要投考我們的空軍學校，我自然不好勸她，放棄她的原定計劃，從事文學藝術，因爲我太了解麗清了。

記得有一個黃昏，我們駕一葉小舟，在碧澄澄的河上遨遊，望着兩岸老綠新黃，如煙如霧的垂柳，麗清和我說：「我好喜歡你的家鄉，和你的家。眞令人有回到了自己的家，和身入桃花源的感覺。你知道嗎？我家也是住在漢城郊外，你的家鄉，和我的家鄉好相像呵！」我好奇怪，「麗清，你不是說，你沒有到過你的故鄉嗎？」

麗清有點生氣了：「虧你這個聰明人，會說出這種蠢話，」她注視着我說：「每一個人的故鄉景物，都和照相一樣，印在他自己的心版上，永不磨損，永不變色。」掉轉頭，她望着兩岸不時變換的景色，嘆了一口氣，慢悠悠地接下去，「我奶奶，我爸和我媽，常常告訴我們，我們的故鄉是什麼模樣，一遍、一遍、又一遍的，我從小聽到大，所以對故鄉的景物，我比去過，甚至玩過的地方還熟悉。那些竹籬、小橋、河流、樹木、磨房、房屋、湖山、廟宇、以及在漢城的宮殿，我都說得出它的形狀，和位置，」她又亮着夢樣的眼睛望着我，「祇是……」夢樣的眼光，蒙上一層薄霧，「不知那年、那月，我才能眞眞實實地，雙脚踏到那些熟悉的土地上，你相信嗎？那時候，我不但要擁抱那些土地，我還要親吻它們，千遍、萬遍，連那些樹木、房舍、小橋、竹籬，都要一一吻到，更重要的，我要擁抱我見到的每一個同胞，不管他們是否認識我，連小狗小猫，我都要拍拍它們的頭，問牠們好不好。……」

「我當然相信，麗淸，那時間不會太長的……」

可是，麗淸抬起頭，望着渺渺的雲天，說：

「唉！人們都說，上帝創造萬物，無所不能，爲什麼現實的世界，如此悲慘？我眞想問上帝，那年，那月，我才能回到自己的故鄉？」

「世界上沒有永遠的悲劇，也沒有永遠的喜劇，你們的一切表現，證明你所希望的一天，很快就會到來……珍重吧！」我握住她的手，她的手心滿是汗珠，說明她內心如何激動。

「回到故鄉，是我們生存的意義，我們會不計犧牲去追求這一天的到來，這一天遲早會到來的，我相信。到時候，希望你也到我的故鄉去，住上一月兩月。」

「一定的，我一定要去，」我說，望着那雙夢樣的眼睛，雨散雲收，希望和信心，有如一片陽光，在裡面閃閃發亮。

也許由於憐愛，我祖母曾經希望麗清成爲我們親戚家中的一員。麗清心在故國，此事當然未成事實。我們離家去上學時，祖母和母親，對麗清的祝福，和惜別之情，超過任何一個在我家住過的同學。

一年後，麗清一家搬到北平去，開始我們的書信往返，還很密切，有封信，她還提到她哥哥已在我們的空軍官校畢業，成績如何優良等，以後七七戰起，跟着烽火迷天，我們也失去了聯絡。可是抗戰八年，每一個危難恐怖的時刻，麗清都會突然在我面前出現，面對漫天烽火，那嬌弱的倩影，堅定得有如一座盤石！「不要怕，不要氣餒，我們站在一起，我們一定會勝利！」接着除夕在她家過年那一幕，也歷歷如繪地，在我腦海裡顯現。想到自己也正面臨亡國之危時，就勇氣驟增，什麼也不怕，什麼也能對付了。

記得有一天，當時擔任戰地記者的居里小姐，（卽得過諾貝爾科學獎的居里夫人的小姐，）像隻海燕般飛到了重慶，一身淡藍的衣裙，襯着金色的柔髮，曼妙多姿地出現在爲她而設的歡迎會上，有人問她法國臨時政府的反攻力量時，她堅定的說：「我們一定會勝利。因爲我們復國，不單靠法國臨時政府的力量，也不全靠同盟國的力量，在法國本土每一個法國人的心上，都埋了一顆定時炸彈，（那時原子彈尙未問世。）那才是法國眞正致勝的力量，總有一天，要把納粹炸得粉粹！」大家一齊睜大了眼睛望着她，她當時看去不過二十多歲，說得這樣中肯和堅定，使每個與會人士，都留下深刻印象。而我，却立刻想起了麗清，和麗清的一家人，不知他們是否已潛回本國，我想，埋在他們心中的炸彈，也正是扔出來的時候了！

抗戰勝利後，一直想知道麗清的消息，又一直未能如願。因爲除了麗清本人，他一家人的名字我都不知道，想打聽，也無從打聽。到了台灣，來自漢城的消息，我總特別敏感，敏感中，希望奇蹟出現，有一天，麗清會來到台灣……。

窗外，一片迷濛，迷濛得有如夢境……。

「各位旅客，漢城到了，請注意各位隨行行李……」空中小姐嬌滴滴的聲音，劃破了迷濛的夢境。

「漢城？」我由迷夢中醒回來，「我眞的到了漢城！」

「漢城在下雨呢，微微的細雨，」有人說。

哦，那一片起伏的青翠，就是漢城，麗清的祖國、麗清的家鄉！細雨混和着陽光的漢城！

哦，那空中飄蕩著的旗幟，就是麗清他們的國旗，終於由他們心中，挿回他們的國土上來了！我的眼睛也開始迷濛，迷濛得有如窗外的雨景。

走下飛機時，發現濛濛的細雨，已無蹤影，淡淡的陽光，正在機場徘徊，陽光給我帶來喜悅和希望，我想，這是一個吉兆，也許在這兒，我和麗清有重逢的機會。可是在漢城十日，百計打聽，始終沒有得到麗清的消息，想到她曾要學護士，想到她的空軍哥哥，想到那年除夕在她家過年的情形，那歌聲、那淚痕，我心裡又似乎有一種不祥的感覺，難道，這一家人，已經在戰時壯烈成仁，竟未能……。可是，在那些重疊的高速公路上，巍峩的建築物上，人人讚賞的歌舞場面中，我都看到麗清，和她一家人的影像。我知道，無論他們現在那裡、活着，或已成仁，他們的心，一定在漢城。這兒的一切，也都留有他們的名字，他們的精神，他們將永遠活在這些建設和文化當中，永遠、永遠……。

上了飛東京的飛機，由機窗外望，又看到了那在空中飄蕩的韓國國旗，國旗下似乎站着麗清一家人，他們都在張口高唱，雖然我聽不懂，我知道他們唱甚麼，因爲，他們一直希望他們的國歌響徹雲霄，響徹雲霄！

哦，麗清，我的眼睛又開始迷濛！

淺說快樂

像「美，」像「夢，」像「音樂，」快樂是一個具有充分吸引力的名詞。人人都希望親近它，與它生死同心，永不分離。快樂之美，亦如美女。儘管可愛，並無一定的形態。情人眼裡出西施。隨着各人的人生觀不同，對快樂的看法和感覺也異。有人以勤勤勉勉地工作，盡職盡責，不計犧牲地奮鬪，以發展一己的抱負爲樂。孔老夫子說：「發憤忘食，樂以忘憂，不知老之將至。」梁任公說：「人生最大的快樂，就是盡了自己的責任。」（大意如此，忘記原文）有人以求知爲樂，也有人以自己的無知爲樂。有人以奴役他人，享受他人血汗的成果爲樂。也有人以自己流血流汗，以求減少他人的痛苦爲樂。佛說：「我不入地獄，誰入地獄？」大有當仁不讓之概。有人以取爲樂，一切爲我。楊朱：「拔一毛以利天下不爲也。」也有人以施爲樂，一切爲人。耶穌：「施比受更有福。」爲求多福，耶穌最後連自己的生命都施捨了！

我認識一個修女，看見別人痛苦，便跪到聖壇前替他禱告，一跪個把鐘頭，虔誠得似乎要把自己的整個心和生命都呈獻上去，如果得知對方的痛苦減輕了，（不管是甚麼原因），她便高興得有如買獎劵的人中了頭獎。她又和另幾個修女將她們教英文得來的錢，在金門街租了一層樓，收養了幾個棄嬰。（常有人把嬰兒半夜裡送到她們門口）有一天，她們約我和她們一同去看看，時値嚴多，她們在嬰兒室裡裝了暖氣，裡面和暖如春。那幾個囡囡都養得又白又胖，臥在整潔的嬰兒床上，舞着小拳頭，嘻嘻地笑着，眞像小天使一般。而那幾個身穿黑長袍，頭戴黑頭披，脚套黑鞋黑長襪，把自己的青春嚴嚴密密地封鎖着的修女，看見囡囡們的小傻相，竟活潑得像是春天裡的小麻雀一樣，又說，又笑，還搖頭幌腦，指手劃脚，和平日的冷靜嚴肅，判若兩人。這情景使我十分感動，不禁想起一位太太，時常慨嘆生活無聊，生命空虛。靈機一動，有一天我坐上她名貴的跑車，把她帶到這暖暖的嬰兒室，希望她也如法泡製，使她那美麗的生命得以充實。不料，她面對這些牙牙欲語，揮着小手，向我們大表歡迎之忱的小天使，竟皺起柳眉，櫻唇一撇說：「我就不懂，她們幹這有什麼意義呢？除了白找麻煩。」可見人類對快樂感覺之不同亦如其面。於是，我恍然大悟，如果一個人的心腸太冷，除了自己一無所愛，任他的荷包如何充實，很難得到「快樂」的靑睞。

既然單憑豐滿的荷包，不能使「快樂」就範，是否地位和權勢，可以幫幫忙呢？這，我想如果靈而有知，曾經威震寰宇的希特勒，和史達林兩個亡魂，和現在還活着的毛澤東，都會大搖其頭，因爲快樂的人，絕對不會發瘋，一個人如果不發瘋，爲甚麼不與人和平相處，樂得大家快樂，却要拚命去侵犯別人，把一個世界弄得殺氣騰騰，鬼哭神嚎呢？「快樂」亦如常人，見了瘋子，祇有敬而遠之。儘管歷史上的狂人，也多愛美，喜歡「快樂，」可是，有幾個狂人，了解快樂的眞諦，眞正得到過「快樂」的垂青？他自己的生命眞正「美」過？

若把快樂比爲美女，眞正的快樂，有如德容兼備的佳人，玉潔冰清，一塵不染，情意款款，溫如和風。記得有一次，我和一位有自備座車的女友，由碧潭泛舟回來，因爲天氣實在太好，大家餘興不盡。於是，我們又去植物園看荷花，那時，可愛的太陽，把植物園裝飾得金碧輝煌。荷花池畔，一對盲目的青年男女，彼此扶持着，盲然地，面對美麗的自然，欣然微笑，愉悅之狀，不可言傳。她們的服裝，說明了他們的寒微。於是，我這位女友不勝感慨地說：

「你們看，他們倆好快樂呵！」

「難道你不及他們快樂嗎？」我們之中，有人笑着反問她。

不料她一本正經的搖着頭，還長長的嘆了一口氣，「唉，人生，人生，我覺得上帝十分公平，總把快樂偸偸送給人們認爲他不會快樂的人。」兩顆亮晶晶的珠淚，竟毫無保留地，由那保養得非常美好的臉頰上滾下來。

她的話，又使我想起另一幕情景，那是抗戰勝利一年後，我回到故鄉。一天黃昏時候，我由田野間散步回家，便道去看看族中一位三婆。三婆二十多歲就守寡，一生辛苦。由於勤勞而又持家有方，他們家由自耕農而富農，一直維持小康局面。可是經過日本兵的幾次洗刼，竟變得家徒四壁，四條耕牛，祇賸一條多病的老牛。我懷着悽惻的心情，走進他家院落，一脚踏進竹籬門，就被一幅美麗的畫圖吸引了！三婆就坐在她家大門口的竹椅上，小孫女兒兩邊扶持，金色的夕陽，照耀着她閃亮的銀髮，更增添了畫意。幾個小曾孫子在她的四週笑着、跳着、追逐着，「老老」，「老老」之聲，彼起此落。看見孩子們玩得高興，三婆也像孩子似的呵呵笑着，「三婆！」我走近去說。

三婆用衣袖揩了揩老花眼，發出一聲歡呼！「是蟬蟬回來了嗎？想不到我還能活着看到你！」她高興得流下眼淚。把我的手抓過去撫摸着，一再說！「想不到我還能活着看到你！」我望着三婆滿頭的白髮，和滿臉的皺紋，覺到三婆眞是老了。故鄉曾一再被敵騎蹂躪，人民生活想像得到。可是，三婆儘管是滿頭白髮，滿臉皺紋，她的眼光却仍然和從前一樣柔和，那裡面仍然充滿着愛和希望。三婆說，「你離家後，我們都吃過大大的苦頭哪！現在總算是熬過來了，你看，我們都下了種，沒讓一塊土地荒着，如果世界太平，再過兩年，一切便都好了！」她平靜地微笑着說，眼睛移向那一片碧綠的田野。

熱淚却不聽吩咐地湧上了我的眼眶，可憐，外面的政治風暴，她竟一無所知，善良的人，單純的心！孩子們進去報了信息，她在屋裡忙着的媳婦和孫媳也出來了，還愼重其事地，拿出兩封酥糖，一封給三婆，一封給我，一家人强逼我非把這封酥糖吃下不可，據說是三婆的大孫子昨天才買來孝敬三婆的，所以很新鮮，我知道如果我不吃，別想脫身趕回家吃晚飯，祇好恭敬不如從命了。酥糖在農家是名貴菓品，三婆把她的一份，分成若干份，每個孩子一份，任她的媳婦如何阻止，她非分不可，「我吃不下，粘喉嚨，」三婆說。

孩子們却怎麼都不肯受，要「老老」自己喫。讓來讓去，最後是每人把所得的一份，再分一半給「老老」，連兩三歲的小曾孫，也伸着小手，非要「老老」收下他那一半不可。酥糖本是粉粉的，三婆笑着說，「看，我們大家的衣服，都比我們吃得多，而且甜的變成鹹的了，」因爲孩子手上都有汗。笑，使三婆臉上的皺紋更深更多了，每一條皺紋都描出她內心的愉快和慈愛！這一瞬，使我覺得三婆還是世界上最快樂的老婆婆，儘管她着舊布衣，居陋室，日本兵搶走了她家一切財物，却未能搶走她家那一團愛，和信心，那份人類最珍貴的財富。

「愛心」，和「信心」，該是把快樂帶到你身邊的最好橋樑，因爲有愛心信心，就有希望，而希望又是快樂的良伴。

快樂雖不一定欣賞豐滿的荷包，和顯赫的權勢，却樂於與一個充滿智慧思想的頭腦，和充滿柔情蜜意的心靈結緣。林肯說，「我們決心快樂到什麼程度，就能快樂到什麼程度。」(We are as happy as we make up our minds to be) 我們知道林肯是最仁慈謙和的偉人。他之作此豪語，祇因他的內心充滿對人類的熱愛，他的智慧告訴他如何把「愛」的種子播出去，就能收回多少快樂的果實。一切操之在我。儘管家有河東婦，政敵又多如林，因胸中自有天地，所以能我行我素，毫不在乎。快樂，很少仰賴你心靈以外發生的一切事端，却常仰賴你心靈的每一動態。它有時簡直像個小精靈，時時刻刻都在窺探你應付人生問題的精神，和你言行的每一動機，而決定它自己的去留。因爲，它必須留在一個心安理得，溫暖和諧，熱情慷慨的心窩裡，才能生根發芽，蓬勃生長。

別以爲一事不作，便能快樂，殊不知世界上最苦悶的人，莫過於飽食終日，無所用心者。要自己能够欣賞自己的行爲，無負於人，無疚於心，才能希望快樂與你同在。把自己肩上的擔子扔給別人，逃避自己的義務和責任，貪圖一己歡樂的人，他自己的良知會隨時蹦出來，阻止快樂和他約會。結果，除了空虛，他將一無所獲。

許多快樂，都來自工作。較大的快樂，不是做你自己所喜歡做的工作，而是以愉快，獻身的精神，做你應該做的工作。繼續不斷地，爲一有意義的目標而努力，將給你帶來快樂。因爲，在工作的過程，你不時會發現一彎新月，數點繁星，在暗淡中閃耀，它一面撫慰你的辛勤，一面也照引你前進。最大的快樂，莫過於完成一件最艱難困苦的工作。朋友，千萬別爲那些爲探求眞理，實踐眞理而犧牲自己的思想家、哲學家、科學家、政治家們悲傷吧，因爲在「探求」和「實踐」的過程中，他們就獲得了快樂。也別爲那些爲創作「眞與美」，而潦倒一生的藝術家、文學家們嘆息吧，因爲，他們的生命，本是爲創作而躍動。而創作，卽是打開快樂之門的鎖鑰。這些人活着的時候，也許缺乏物質上的財富，甚至衣食不週，睡眠不足，精神上却比任何人都富有。由於智慧的牽引，快樂從來沒有冷淡過他們。

欣逢知己，被人賞識，也是人生一大樂事。劉玄德三顧草廬，所以諸葛亮不惜「鞠躬盡瘁，死而後已，」以報，每一個人都希望自己心弦的震動，能引起共鳴；自己的才能，抱負，和希望能被了解，欣賞與同情。甚至這一欣賞，同情的代價，必須付出你整個的一生，亦毫無怨尤，無他，樂在其中也。可是識拔英才，扶持後進，其樂也較之被人識拔扶持又更高一籌。

被需要，受人倚仗，是精神上的大負擔，是無盡辛勞的代價與支付，也是快樂之源，那些良師良吏，爲人父母者，一身繫家國安危，以救國救人爲己任的賢聖豪俠，以及每一個對家庭社會盡職負責的人，都嘗過這份甜蜜與苦澁相混合的滋味。因爲帶甜，所以不覺其苦，因爲帶澁，所以不覺其膩。

家庭，友誼，都能給你快樂。可是，它必須建築在律己，寬容，相互的了解，信賴，與愛心的和諧關係上，才能歷久而彌新。

「採菊東籬下，悠然見南山，」吾知不屑爲五斗米折腰的陶老夫子此時樂也。快樂也需要知己，你如果了解它，隨時隨地，都可和它不期而遇。一幅好畫，一曲音樂，一朶微笑，一個眼波，一抹彩霞，一聲鳥語……都能使你在一瞬之間，心上油然。可是，朋友，儘管快樂充滿在你的四週，俯拾卽是，你可千萬別傻里傻氣，丟下一切，去追求它。眞正的快樂不是追求得來，捕捉得到的。不信麼？試看那些整日沉迷歌台舞榭，徵逐聲色犬馬之娛的人，幾個把快樂追到了手？一旦荷包空了，職位丟了，家庭散了，任你如何一厢情願，窮追不捨，快樂也不會惻然心動，和你敍舊淡交情。

試着把尋歡作樂的念頭一股腦兒丟開，做你自己所該做的，如果硬是需要改變一下氣氛，輕鬆輕鬆，一時又找不好牌搭子，想起來打牌就難免輸錢，受氣，也不是好滋味。看電影又懶得排長龍去擠票。那麼，你不妨脫下長衫，換上短裝，（脫下西裝，換上便服同樣有效）把你亂七八糟的庭院，來一次大整理，拔草呀，剪葉修枝，扶持灌溉呀，這樣，那樣的忙一陣，甚至把府上整座房屋，由你的書房、臥室、到厠所、厨房，一間不留地來個大掃除，使一切雜亂無章，變爲井然有序。連你的書棹的每一抽屜，都別放鬆，一律來個大清理，出了一身汗，好洗一個澡，換上乾淨衣服，然後泡上一杯好茶，向椅子上一坐，抬頭看去，由窗外到窗裡，那一花，一木，一棹，一椅，每一樣書籍，文具，以及厨房的鍋鍋罐罐，都在向你微笑，歡呼致敬哩！那份乾淨，和井然有序，帶給你的那份喜悅之情呀，哈，我不說，留給你自己去嘗試，嘗試吧！

當然，這不過是信手拈來的解悶玩意，如果你想享有永恒之樂，還是學學林肯吧，處人處世，太精明銳利，人人害怕。「害怕」，將使你失去許多友誼。林肯夫人，瑪麗陶德，是名震遐邇的「河東母獅，」有一次和丈夫一語不合，竟將一壺熱咖啡，向他頭上潑過去，林肯成了落湯鷄，也一笑付之，不以爲忤。有時，他簡直仁厚得近乎阿Q，在南北戰爭的緊張階段，林肯總統求勝心切，時常派人請他的統帥到白宮來商討戰局，那位將軍頗以爲煩，幾次之後，便索興來個相應不理。總統就移樽就教，去到他府上，等了好幾十分鐘他才回來，佣人告訴他總統在等，那位無禮將軍竟一言不發，逕自上樓去睡了。在回家的路上，林肯和他的隨從說，我並不在乎他的小節，祇在乎他是否能够把握勝利。那個沒有頭腦的傲慢傢伙，當然不能把握勝利。可是，林肯這種胸襟，眞是了得！他不快樂，誰還會快樂？人與人之間，許多成見和敵意，都因彼此缺乏了解，間或一二宵小從中離間而起，朋友間意見稍有不合，或傳來之言，傷我逆耳，便耿耿於懷，甚或立刻架起防禦工事，準備隨時來個反攻，殊不知這一防禦，這一反攻，使得許多可能由友誼得來的快樂，都在你一念之間如煙雲散盡，眞是何苦來哉！

要自己快樂，不但要寬容他人的短處和缺點，同情別人的不幸和悲苦，還要能欣賞（也可說是容忍）別人的長處和成就，你必須要能欣賞（容忍）別人，快樂才能欣賞你。爲求多福，又何妨傻一點兒，鈍一點兒呢？且忘記一切人間的是非曲直，收拾起心靈上的長槍短劍，拆除精神上的防禦工程，學學那辛勤的園丁，和流汗的農夫吧，以不問收穫，只問耕耘的精神，去耕耘你自己理想的天地，播種吧，把愛的種子播出去，播向黑暗的角落，播向荒漠的地區，播向孤苦憂傷的心田上，儘管你的辛勤，使你忘記了找尋快樂，快樂卻一直在追隨你，不信麼，試想想，在你播出的種子發芽，滋長，開花，結實這一過程，你內心的感受又如何？那份期待，那份驚訝，那份欣慰，那份狂喜，是一般游手好閒的人領略得到的嗎？

也別以爲我一人下種，於天下何補？須知一粒種籽能發展爲一座森林。祇要多數人肯伸伸手，整個世界就將大爲改觀。個人生命，原如滄海一粟，如果整個滄海苦水滔滔，滲透到你心裡的滋味，又怎麼甜得起來呢？

印度有個古老的諺語，表達快樂之道，頗値得玩味。它這樣說：「幫助你兄弟的船渡河，瞧！你自己的船也同時到達了彼岸。」(Help Thy brothers boat across, and lo! Thine own has reached the shore!)

也談文藝

文藝反映時代，反映社會；也影響時代，影響社會。潛力所及，它可影響一個國家的盛衰，和社會的治亂，水可載舟，也可覆舟，文藝亦然。國民黨中央有見及此，於年前五中全會時，通過了「當前文藝政策，」指出文藝工作者應該努力的方向，和政府發展文藝的途徑，這是很值得欣慰的事，也是我文化史上重要的一章。

凡屬民族文藝，必有其獨特風格，和思想核心。決非徒託空言，自我陶醉，花非花、霧非霧，窄看風光明媚，審視一無所有的空洞之作。我當前文藝政策的思想核心，旨在依據民主、倫理、科學的理想原則，創作各種不同類別的文藝作品。把民族的永恒希望，宇宙的不朽眞理，人性的美善光輝，透過文藝的感染力，帶到人民的心窩裡去，美化其心靈，鼓舞其精神，激發其鄉土倫理的情感，民族國家的愛心，和抗拒邪惡的勇氣。俾使社會充滿蓬蓬勃勃的朝氣，祥和燦爛的光輝，浩蕩澎湃的活力，以充實民族的內涵，開展民族的前途。「當前」者，即此時此地之意，此時此地，我文藝政策的主要作用，首在透過文藝的影響力，溝通海內外各階層人民的思想感情，團結海內外的人心，鼓舞海內外的人心，務期人人奮發，個個有爲，發揮一切力量，滙合一切力量，完成光復大陸，拯救數億人民於水深火熱中的神聖任務。記得有位名人說過；偉大的文藝作家，是人類靈魂的工程師，他能塑造人類的靈魂。那末，我們文藝作家的當前任務，是要爲反攻復國，舖築一條克敵致勝的思想之路。以臺北爲起點，舖向海外，伸入大陸，舖在每一個中華兒女的心上，使民主、倫理、科學的種子，在人民的心上生根，放光發熱，產生力量。因此，首先我們要了解，通往勝利的路上有些什麼阻碍，應該如何去掃除這些阻碍。我們不妨先由眼面前的路開始：

第一眼看到的，當然是臺灣社會的各種現象，目前臺灣社會現象，有好的一面，也有壞的一面。好的一面，有利我復國工作的進行，壞的一面，是我通往勝利之境的大阻碍。具體的說：好的方面如社會安定，軍民合作，以及捨生救人，濟困扶危，孝親撫孤，救殘卹貧，克難致果。苦學成功……等。最感人是小小年紀不過七八九歲的孩子，背負和自己同等年齡的殘廢同學上學，奔波學校家庭間的崎嶇道路上，風雨無阻，數載如一日。以及那瞞着家人，忍着飢餓，將自己一人的便當，分給帶不起便當的同學吃，事過半年，才被家人發覺的小學生，何等使人感動！祇可惜這些感人至深的義人義舉，極少融化在文藝創作裡，在報紙副刊上發表，發揮激勵鼓舞作用。而壞的一面如兇殺、貪汚、詐欺、奢侈逸樂，色情泛濫，少年犯罪等問題，在文藝創作中倒常被提出，被觸到，可是，好的作品，多祇說出病情，很少把藥方開出來。有些作品，還對犯罪行爲，大加渲染，甚至幻想出一些亂倫，色情刺激的故事，助長不良風氣的蔓延！最嚴重是少年犯罪問題，凡是問題少年，多爲體魄健壯，滿腦子幻想，充滿英雄思想，和好漢精神，未能得到合理引導，使其過剩精力和夢想得以向正當途徑發展，偶遭意外挫折，便被誘入歧途，爲人父母者，未能防患於未然，當然要負責任。可是，學校、社會，也要負責任，新聞、文藝界，更不能置身事外。文藝和空氣一樣，它給予人的影響是無形的，也是無窮的。人們呼吸其中，不知不覺，就受了它的感染，卡萊爾（Carlyle）認爲「眞實藝術，就是使超凡美好的事物，可以使人看見。」托爾斯泰也說，「文藝是人類一種活動，其目的，是把我們體會到最高和最佳的感覺，傳給別人。」發揚美好的事跡，有激發鼓舞作用，導使人心向善，潛移默化，可以轉移風氣，也可以培養風氣。而渲染犯罪行爲，等於在空氣中散播毒素，將導使社會風氣更爲敗壞。社會風氣好壞，關係復國建國前途，萬萬不可忽視。因此，要使當前文藝政策發揮功效，開花結果，第一步該是運用文藝的影響力，轉移社會風氣，培養社會風氣。

（一）報紙反映最快，傳播也最快，最廣。所以報紙要爲轉移風氣作先鋒，起帶頭作用，措施：一、報紙社風新聞版，避免渲染犯罪行爲，多多報導善行義事。二、報紙電影廣告版，禁刊色情刺激的語文及照片。三、報紙副刊不刊渲染犯罪行爲如亂倫、兇殺、自殺、色情描繪等小說故事，多載有益社會人心，或可促進國計民生作品。四、充實家庭版，除現有的家事，美容交際知識，和馭夫術外，何妨選載一些發揚家庭倫理之愛的小說故事，及古今中外有名的賢妻良母，孝女賢媳的相夫教子，侍長睦鄰之道。亦不妨以徵文方式出之，如：我最敬愛的一個主婦，我如何使迷途的孩子回頭。我如何平衡家庭收支，我如何培養孩子愛國樂群的精神等。五、增加少年版，以啓發青少年研究創作的興趣，家國鄉土的情感，克難服務的精神，民主守法的觀念，以及對偉大事業的嚮往，內容要充實而趣味化，如科學新知，科學家成功的故事，先賢及世界偉人傳記、體育、音樂最新技術發明，新書評介等。

（二）出版少年期刊、少年叢書、少年文庫等。印刷力求精美，售價祇求够成本，以廣發行。

（三）鼓勵犯罪後自新，或瀕臨犯罪邊緣，懸崖勒馬，而又能文的少年撰寫類似「懺悔錄」一類作品，必要時可代爲潤色，在報端發表，並編爲廣播、電視劇上演。現身說法，必然有血有淚，如果寫作技巧高明，必定可轟動一時，獲得效果。

（四）針對不良少年的不安現狀，嚮往冒險犯難，新奇刺激生活心理，攝製以軍校生活爲背景的電影、電視片，配以出海、騰空、野戰、露營、探險的有趣鏡頭，以及天空，海洋、深谷、叢林等美妙景色，意味深長，可以包括三軍官校生活的故事，雄渾有趣的主題歌，除在各地正式上演外，並在大專學生集訓地區，及問題少年集訓處上演，誘導其對偉大事業的嚮往，使其充沛精力，新奇幻想，有發洩機會。據本人所知，有些不良少年，轉入軍校後，都能獲得脫胎換骨，再造新生的効果。

（五）目前電視，成爲一般中上家庭的主要消閒工具。但其節目內容，非常貧乏，不但缺乏吸引少男少女的育樂活動，也缺乏幽默輕鬆，饒富人情味，有娛樂性，也可發人深省，啓發家庭倫理之愛的故事劇。一些外來的西部打鬪片，和謀殺的偵探片，雖可引人入勝，但對目前兇殺成風的社會風氣，有不良影響。其實，我農耕隊在非的成就，我技術人員協助亞非各國現代化的實際情形，均應有系統的透過電視電影，向人民介紹，因爲這是實行國父民族主義，扶助弱小民族政策，値得宣揚。何況有如此成就，既可增人民對政府的信心，又可增民族的自尊和自信。他如生產克難的成果，技術發明的過程，行軍樂趣，三軍官校生活，大專學生集訓，均是好的電視新聞材料，一般父母，如能在電視中看到自己的孩子，必然別有一種親切光榮的感覺。無形中，可發生鼓舞作用。可惜現有此類電視新聞，均嫌不夠幽默輕鬆，缺乏使人心上油然，發出會心的一笑的插曲，不够娛樂性，和趣味性，效果便會減低。爲迎合一般主婦趣味我國歷史上很多典型婦女，如孟母、岳母、班昭、緹縈、木蘭、梁紅玉、高皇后，長孫皇后等故事，亦可以戲劇體裁處理上演。除現有的服裝設計，烹飪示範外，其他如醫藥衞生，生產育嬰，室內佈置，庭院美化，救急應變（如防火防盜），家庭副業等知識，亦當爲一般家庭所歡迎。

（六）京戲乃我國劇，爲發揚固有文化，應重新整理，該發揚者發揚，該淘汰者淘汰，尤應注重創新，充實戲目內容，如武松殺嫂，即潘金蓮、烏龍院，即閻婆惜，其內容不但違反倫理，民主，科學的原則，且誨淫誨盜，鼓勵兇殺，應予淘汰。千萬不可任其隨文化交流之名出國，免辱國體，遺笑大方。記得有次本人陪一位美籍婦女觀賞國劇，對方是甘乃廸總統在世時，請艾森豪主持的國民外交工作，（People to People Program）計劃下，派來我國訪問的一個婦女訪問團的團長（Mrs, Perlee Solon）恰巧當晚某單位演出的戲目是武松殺嫂，不管我如何解釋我國舊有道德看重婦女貞節，和武松如何多義。她對如花似玉的潘金蓮，配給不似人形的武大郎，（其實，除了馬戲團裡，世界那有像戲裡化裝成的奇醜男人？）始終覺得太殘忍，在潘金蓮紅杏出牆，又謀害親夫之後，武松不去法院控告她，却把她殺了，自己一走了之；這一着也不敢欣賞，她口裡不說，却是太息不已。爲了怕我掃興，才一再說她喜歡國劇的服裝。試想這種國劇，讓牠飛騰過海，去宣揚我傳統文化，不要發生反作用麼？其實，如果認眞去發掘，我歷史上一定有很多好的國劇材料，沒有把它整理出來，文天祥、岳武穆的故事，又何常不能編爲國劇上演呢？要創新，才有進步，才能發揚光大，文化局似應請幾位專家研究整理一番。

（七）民族舞蹈，目前在臺演出的民族舞蹈，一般說來，多缺乏內心的表達。顧名思義，民族舞蹈乃人民生活和民族精神的表現，該是有活力，有情感的，如韓國的農樂舞，那種歡欣鼓舞，如醉如狂之情，使觀衆立卽受到感染，在本人看到的民族舞中，從未見到。本省同胞演出的民族舞蹈，常將一些六七歲小女孩濃裝艷抹，在臺上眉來眼去，做出萬種風流模樣，當時雖可引人一笑，總覺不倫不類，欠缺大方自然。對兒童心理，尤有不良影響。爲發揚我傳統文化，表現我民族精神，和人民生活，社會禮俗，應將　總統近日有關倫理教育，及人民生活規範的指示，編爲國民小學歌舞教材，列入中小學樂育課程，俾能深入人心，發揚光大。並廣徵可以啓發善良人性，發揚民族精神的歌舞教材，交與各民族舞蹈訓練所採用。訓練時，尤應啓示舞蹈者內心情感的表達，熱和力的發揚，以避免舞來手足不應心，不能表達生命的韻律。

本省山地同胞，多數體魄健美，有體育，音樂，和舞蹈的天才，本人去年暑假參加軍中文藝輔導工作，曾在谷關觀賞山胞歌舞，覺其歌聲甜暢，雄渾，而富感情，舞姿曼妙自然，熱力充沛，韻律天成，的確不同凡響。同行有申學庸女士，她與我均覺得如能將彼輩好好訓練，令其出國訪問，因格調特殊，定可予人耳目一新之感。但千萬不能把夜總會的歌詞舞步去訓練他們，使其不倫不類。應按山地歌舞原來韻律和風格去發揮光大，使其歌頌自然，歌頌人力，歌頌他們自己勤勞儉樸的生活方式，他們內心的秘密，他們的愛和希望，才有意義，才能引人入勝。可惜日月潭那些什麼公主之流的歌舞團，毫無藝術氣氛，不但團員本身早已失去美感，滿臉庸脂俗粉，令人見而倒胃，且舞來四肢僵硬，沒節沒拍，實在不敢領教。日月潭乃中外觀光客必遊之地，爲發展觀光事業，宣揚我國文化，實有重新挑選人員，重新訓練，重新裝配的必要。

（八）音樂，音樂是世界語言，是人類的心聲，識者聽一個國家的音樂，便知其盛衰治亂。人與人之間，無論識與不識，但聽他的歌聲，或所演奏的樂曲，如能深獲我心，便會情不由己的，在自己心靈深處發出和聲，和演奏者的心共鳴。可知音樂是溝通人類思想感情最直接，最簡便的橋樑。也是一個民族藉以變化人民氣質，轉移社會風氣，鼓舞士氣民心的最好工具。基督教之所以成功，固因其教義含有永恒不朽眞理，但聖樂的美妙感人，也是原因之一，本人好幾次在禮拜堂唱聖詩時，就情不由己的被那虔敬、眞誠，而又溫柔的詞句感動得熱淚盈眶。不管我們如何欣賞自己文化，我總覺得國樂的感染力不及西樂，對心靈的影響似乎也撫慰多於鼓舞，我對國樂缺乏研究，平日欣賞機會也不多，所談不一定正確，但目前一般流行歌曲，聽來聽去，多屬靡靡之音，能引起心靈共鳴者，實爲鳳毛麟角，則是不可否認之事。我輩生逢亂世，多少人失去家園，多少人骨肉離散，多少人在祈禱等待，誰不想有幾支歌讓自己哼哼唱唱，發抒發抒情感呢？

爲求其有深度，有感染力，恐怕需要某一種環境，才能培養出來。非一朝一夕可以達到目的。但求普及社會，發揮寓育於樂作用，文化局首應設法培養民間愛好音樂的風氣。依本人淺見，可做到以下幾點：

（一）孔子制禮樂，在這音樂年第一件事，該是制定祀孔的音樂和舞蹈。並由教育廳通令各級學校，在每年教師節日，分別舉行音樂會、舞蹈表演會，聘請專家，評定優劣，分別獎賞，以資倡導。

（二）制作婚喪喜慶音樂，和喜慶宴的舞蹈。

（三）制定春秋二季政府祭祀先烈音樂，以及民間祭祀祖先的音樂。

（四）徵集兒童歌詞，兒童乃國家幼苗，除了慈母的愛，還需要文藝的雨露去滋潤培育，使其欣欣向榮，蓬勃生長。文藝部門對兒童有影響力者，首推音樂。應廣徵淺近，溫柔，而有趣的歌詞，編爲幼稚園及國民學校音樂教材。娛樂其心靈，啓發其智能，培養其品德，鼓舞其精神。如慈母曲、天倫樂，我愛大中華等。近日　總統有關倫理教育，及人民生活規範各點，似應融化在兒童歌詞中，効果當較列爲教科書課文爲大。

（五）少男少女之歌，少年犯罪成爲問題的今天，如何運用音樂的感染力，去感化他們，也是值得努力以赴的一件事，如能製作幾支鼓舞青年向上，發揮智、仁、勇、信精神，輕鬆有趣，而又慷慨激昂，使青年樂於接受的歌曲，在全省電台分別播出，並舉行大合唱，使其轟動，到處應和，形成一陣風情況，相信對一般青年及社會風氣，多少能發生鼓舞轉移作用。

（六）農、工、鹽、漁等之歌，針對各種不同職業的人民，以淺近、通俗、輕鬆的詞句，制作各種不同類別的歌詞，如農家樂、漁歌、樵歌、採茶、植蕉、縫征衣、天倫樂，藉以增進其科學新知，民主守法觀念，及家國倫理的情感，但措詞命意，應適合唱者本人的知識程度，工作環境，生活情趣，才能表達唱者本人的心境情感，才能被接受，絕不可像過去的「漁樵耕讀，」祇是給知識份子哼哼消遣的，農工同胞別說唱，聽都沒興趣，歌曲編印後，分送各農、漁、工團體康樂單位，訓練彼輩習唱，相習成風後，彼輩自有爾唱我和之樂，不但可減少工作疲勞，提高工作情緒，也可增進彼此情感，和樂群敬業的精神，還可在甲、村、鄰大會時，增添一點輕鬆和諧氣氛，較那永無休止的說教八股，効果一定大得多。

其次，年來臺灣經濟繁榮，社會安定，人民難免自我陶醉，安於逸樂，殊不知我政府接管本省之初，瘡痍滿目，險象叢生。所以轉危爲安，由安而定者，乃政府施政方針正確，軍民合作，浴血奮鬪的成果，此一過程，可歌可泣，爲激勵海內外人心，增進國際間對我了解與支持，也爲了對歷史交代，應在文藝作品中，眞眞實實地反應出來，如：

（一）農村的故事：日治時代，本省農、漁、鹽、工人生活情況、光復後逐年改進情形，

（二）榮民對本省建設的貢獻，及其成家立業過程，（三）駐非農耕隊的故事。我爲實施　國父民族主義，扶植弱小民族政策——大同思想，不惜重大犧牲，派遣農耕隊赴非工作，協助落後地區人民改善生活，成績卓著，對落後地區及自由世界貢獻甚大，大同思想的種子在異域的人民心上生根，意義尤爲深遠。不但有關單位應將該隊在非工作過程，及其成就，以及所在地區風土人情，該隊在彼邦之生活工作情形，攝爲新聞紀錄片，向國內國際介紹，也應該設法在文藝寫作方面表現。由有關方面提出資料指定作家撰寫，不如鼓勵農耕隊員們自己寫，如日記體裁亦可！（四）僑胞奮鬪的故事：我旅居海外各地僑胞，都有我傳統美德，勤勞奮鬪，守法守分，對所在地區社會頗多貢獻，不少人士獲得成就，深受所在地區人民敬佩。其奮鬪歷程，可歌可泣，爲增進海內外同胞之相互了解，及國際人士對我僑胞之了解同情，與支持，應鼓勵海外作家或曾在外留學的作家，撰寫以僑胞社會爲背景，僑胞奮鬪的故事，一類小說，如能轟動，還可拍爲電影。

爲了使當前文藝作品，發揮高度效能，除求其有深度，俾能譯成各種外國語文，向國際文壇進軍外。還要有廣度，使其普遍深入，在人民的心上起作用。因此，應出版通俗書刋，以農、漁、鹽、工、商等同胞爲對象，創辦各種淺近、通俗的書刋，將以上各項題材故事，融化其中，爲使其容易接收，亦不妨採用通俗的韻文體裁。

以上幾點，乃個人淺見，說得囉囉嗦嗦。但任何美麗的藍圖，政策，如果不配上「力行」兩字，都不過是白紙上的黑字，毫無意義。好的政策，藍圖，有如一具美麗的軀殼，要「力行」，才能賦予生命，如何使這美麗的軀體活動起來，而且活得有聲有色，多采多姿，就要看主管機構如何去「力行」了。

五十七年五月

大路之歌

路，象徵人類的希望，有路就有前程，前程萬里，代表希望無窮。路，也象徵人類的勇氣和團結，原始的時代本來沒有路，路是人走出來的，可不是一個人走出來的，也不是一朝一夕走出來的。要達到一個理想的目的地，遇到阻碍，還得羣策羣力，開山闢地。由羊腸小道，到康莊大道，每一條路都印着人類奮鬥圖存的脚印。一部人類進化史，便是一部人類奮鬥史，路，便是人類奮鬥史上的里程碑。

沿着金色的陽光，我們一羣十五人，由臺中坐上金馬號公車，向名震遐邇的橫貫公路前進，一路蜿蜒而上，兩旁山坡上香蕉成林、一片翠綠，像綠色的大海，波濤起伏，遠接天際。車窗外鳥鳴不絕，泉聲若訴，樹蔭霞影，如入夢境。一聲谷關到了，我才由夢中驚醒，谷關山勢雄渾，風景幽絕。五十三年才完成的水力發電廠，全部建築在山洞裡面。該廠除電機外，一切工程設計，建築，裝製，都是憑中華兒女自己的智慧和雙手完成。洞內但見一片光輝，纖塵不染。工業起飛，由這兒看到一片光明的遠景。

離谷關後，路勢趨陡，曲折盤旋，一路向上。穿叢林鑽削壁，有時候，懸岩好像要從車頂上壓下來，車子一扭身，又奔馳在雲裡霧裡。重重疊疊的遠山近巒，轉瞬間，都如綠水碧波般在車底下廻旋。古樹奇峯，不時迎面飛來。似乎一伸手便可抓住，可是你還沒有認清楚牠的面目，它早一溜煙，轉在你的車下面奔馳。路過達見，曾下車小憩，層岩削壁，直矗雲霄。眞是奇哉，險哉。一片險驚的景象中，萬能的造物主，曾在這兒下了一步祺，兩座矗立的懸岩下，一座小山，赫然中立。好像站在長板坡上的張飛，獨當一面，控制了整個峽谷。正在興建中的達見水壩，為一座多目標水庫，完成後，除發電外，還可泛舟，垂釣，石門水庫不能專美於前矣。

梨山，海拔兩千餘公尺，是橫貫公路的中心點。我們由臺中出發，一路加衣，到達梨山時，連冷落多年的皮大衣也出籠亮相了。豪華賓館，碧瓦紅牆，在白雲綠樹的掩映下，眞有「瓊樓玉宇高處不勝寒」之感。福壽農場，在梨山背面。是在此從事墾植的榮民，憑克難精神，建設的世外桃源。該場佔地甚廣，地勢很高。種有高寒帶菓木數十萬株。目前單是蘋菓的利潤，分得多時，每人可年得一萬八千元新臺幣，眞是前途無量。由於生活安定，此間榮民多已成家。摩托車、收音機、電唱機、電冰箱，在這兒都不算稀奇，樹梢葉底，不時飄蕩着音樂的旋律。飛雪亭，正像個亭亭玉立的少女，在百花叢中，亭亭玉立，極盡陪襯之妙。飛雪亭三字，爲國防部長蔣經國氏所題。總統行館，爲一木建平房，百花環繞，鳥鳴上下。在這兒一站，矚目四望，似乎萬崧千峯，都朝此俯首敬禮。次高山，合歡山，立霧大山，歷歷在目。遠巒近峯，重重疊疊，雲霞映掩，氣象萬千。最有趣，是一直在頭頂上的太陽，在鳥雀歸巢聲中，也溜到下面山腰上，伸出半個頭顱來，直向這兒仰望。而在農場另一面的下方，早出的月亮，又像一盞照明燈，光芒四射的掛在松樹上，爲那邊的山林，鍍着濛濛的銀光。遠近山坡上的菓樹菜蔬，一望無涯際。蘋菓，檸檬，梨，滿枝滿椏的掛着，好像懸燈結綵辦喜事。這眞是名不虛傳的福壽農場。我們忍不住同聲讚嘆。在我們的讚嘆聲中，不知由那兒竄出一羣生龍活虎的胖囡兒，一路唱着跳着，去歡迎荷鋤歸來的爸爸。這一瞬，便是永恆。協助爲國家失去家庭幸福的人，重建一個溫暖的家庭，使爲國家流血流汗的人，得到撫慰和鼓舞。這，正是公平合理，公平合理便是仁。仁，是我國政治思想的精華。由這一瞬，我們已看到中華民族復興的端倪。

在梨山賓館一夜甜眠後，我們又浴着朝陽，向中央山脈的心臟進發。羣山合抱，公路蜿蜒入雲。下臨深谷，深不見底。上凌雲霄，古木參天。我們的坐車穿雲破霧，直達大禹嶺。大禹嶺，又名合歡山，海拔二五三五公尺。爲橫貫公路最高地帶。每屆冬季，冰雪紛飛，宛如銀色世界。

現闢有滑雪場，爲青年男女心嚮往之的遊樂地。過大禹嶺，愈覺路勢曲折廻旋。車近「碧綠，」更是高潮迭起，使你目不暇給。碧綠的削壁，高插空漠，長達兩公里。壁面色澤碧綠光瑩，有如彩玉。當日闢壁所設的棧道，迄今痕跡宛然。歷程之險，嘆爲觀止。公路旁邊的千年古木，週圍達七人合抱。枝葉婆娑，生趣盎然。「碧綠」地勢高，峽谷深，四方白雲、都來會合，浩浩蕩蕩，幻變萬千。車行其間，頗有凌雲駕霧飄飄若仙之感。車過古白楊，雲氣未散，「慈恩溪」在望。慈恩溪海拔兩千公尺。建有教堂形式的招待所一座。于右任先生在招待所大門前題有一聯曰：「西練下遙天，涵泳思波，萬里慈雲生遠景。軒車來勝地，流連古物，千年寶霧啓中興。」在招待所大門前縱目東望，太平洋浩浩蕩蕩，水天一色，正如慈恩浩蕩、一片汪洋無涯際。

由慈恩溪經眺望坡，至天祥間，因地勢高低懸殊，車路如之字，回頭轉彎，極盡曲折之奇。有時，你明明在山坡的右邊通過，一刹那間，又在牠的左邊奔馳。有時，車子一轉彎，前臨懸岩，後有削壁，你正膽戰心驚中，峯廻路轉，豁然開朗，又是一番新景象。似乎人與大自然在捉迷藏。眺望坡海拔一千公尺正，坡上有豁然亭。沿豁然亭石階而下；石階盡處有一牌坊，恰如其份的題曰：「峯廻路轉」。坡的東面，有一大平原。土質肥沃，闢有西寶農場，亦爲榮民成家立業的所在地。所種菜蔬水菓，均已先後上市，爲榮民生活帶來一片美麗的遠景。天祥，是横貫公路比較大的一片平原。大沙，立霧，兩溪左右拱抱，四週羣山疊翠，把這兒圈成另一小天地。宮殿式的招待所，警察派出所，天祥山莊，天主堂，基督教堂，佛教寺廟，自來水廠，商店，咖啡店，各種娛樂設備，應有盡有。令人耳目一新，精神爲之一振的，是那塊高高豎起的大木牌。上書文天祥正氣歌。一字一句，都震撼着你的心弦。一股浩然之氣，無形中在大自然的懷抱中激蕩起來，一直蕩進你的心裡。

前去燕子口，先經九曲洞，洞名九曲，正如廻腸九轉。公車一直拐之字，左彎右轉在石洞裡鑽進鑽出。有的洞長，有的洞短，有時穿山腰，有時攀絕壁，時明時暗，撲朔迷離，彷彿在夢裡。九曲洞崖脚下，激流如瀑，發出金鼓齊鳴的音響，好像交響樂團在演奏一般。洞旁邊有石凳，石棹，朱欄圍繞。你如果有時間，儘可憑欄小坐，既可觀瀑，又可聽音樂。車子穿過九曲洞，一路風馳又過靳珩橋。導遊小姐忽然故作神秘說：

「各位貴賓請注意，等會看我玩把戲。」大家一怔，正待開口，她用手向嘴上一指，又賣關子：「等着看，請莫說。」

大家一笑，不說就不說罷。跟着車子大轉彎，彎內蹦出一個大石洞，一面靠削壁，一面臨深澗，活像一隻擋住前路的大獅子，張開大口，祇待把我們連人帶車一同吞下去。忽然，導遊小姐大叫一聲「停車。」將手中一握彩色碎紙向空中一抛，好像彩燕臨風飛起，越飛越高，頃刻間蹤影全無。大家看得發呆，「這裡就是燕子口！」導遊小姐嫣然一笑，指點迷津。「各位看吧，那岩壁上星羅密佈的洞穴，就是燕子窠，春夏之間，牠們成千成百的飛來，在這兒建家立業，才熱鬧呢。」她頭一擺眨眨眼睛，又故弄玄虛：「剛才燕子口裡吐出一口大氣，出口就激成一股大旋風，把我的乳燕兒，都送上了天空。」說着她自己笑起來，大家都認爲她的口才風貌，都可打上一百分。

一線天，在燕子口前面，兩山併立，削壁入雲，中間距離很近，好像一座大山，被人狠狠一刀劈開兩半。一道深澗橫在出口前面。錐鹿橋跨澗而過，直入峽內，橋的兩旁有很高的鐵欄，橋的上端裝有鋼絲網，看去，活像一條烏龍，直往山縫裡鑽，可是氣力不够，祇鑽進去一小段就不動了。公車就由烏龍的肚子裡穿出去，一直往山峽裡奔馳，兩旁削壁越來越高，兩旁距離越來越近，頭頂上的青天越來越窄，光線也越來越暗了。除了兩旁灰暗的岩壁，祇可由透明塑膠車頂，看到一線青天。也僅僅一線，車，就頂着這一線青天前進。

再前去就是太魯閣，中經合流，不動天王廟，和寧安橋。合流懸岩上有蘭亭，紅柱碧瓦，點綴在萬綠叢中，頗富詩意。下有激流如瀑，遊客到此，都下車小憩，坐在蘭亭裡，聽聽鳥語，看看流瀑，說不定又引起你一段鄉愁。所謂不動天王廟，建在山腰一個石洞裡，相傳百年前，一次大地震，死傷慘重。祇有躲在這個山洞裡的幾百個山胞安然無恙。事後老百姓塑神像供奉，尊稱不動天王，終年香火不絕。合流工程處，於工程完成後重修洞廟，立柱加簷，雕樑畫棟、莊嚴中顯得堂皇。廟旁石壁縫裡有清水流出，成一小池，清澈如明鏡。鄉民目爲仙水。來拜不動天王的人，都帶了瓶子來，滿滿盛幾瓶仙水回去，俾可使一家人却病延年。寧安橋，像是一條彩色的飛龍，橫臥不動天王廟附近的半空。萬綠叢中一線紅，也像天外飛來的彩虹。

太魯閣是東西橫貫公路的起點，也是終點。由花蓮起程是起點，我們由臺中來、就算終站了。太魯二字，本是山胞話「絕妙」之意。顧名思義，由此可想到此處風光如何了，宮殿式的太魯閣，在雲煙飄渺，林木蓊鬱的掩映中，格外顯得氣象輝煌。閣內供有佛像多尊，壁口嵌有興築橫貫公路的工程浮雕。情景頗爲逼眞。長春祠在太魯閣左邊山腰上，紅牆黃瓦，四週多樹。祠內供奉興築橫貫公路殉職人員靈位。據碑載：除青年工程師靳珩、羅裕二人，及少數技術工人外。其餘二百餘人，都是國軍退除役官兵，多數爲岩石所壓，粉身碎骨。祠右有天然岩洞，幽深曲折，俗稱天梯。上可登山望遠，下可達谷探幽不無佳趣。由祠右拱型小紅橋走過去，接着一道長而曲折的石級，石級有朱紅的欄干圍繞，一路斜坡向上，中徑小紅亭，再上去便是太魯閣。遠看像是一條紅線，貫穿着這深深淺淺的一片綠，好像怕它飛跑了。而長春祠和太魯閣，便是紅線兩端的環扭。長春祠前，有雙瀑併瀉而下，飛沫四濺，甚爲壯觀。有位海外歸來的何小姐，爲此做了一首打油詩：「兩道銀河天上來，奔瀉中途四散開，銀花半空飛，珠練滿山垂。」頗能狀寫實景。循祠前左側石級下去，回到大馬路，路旁圍有大理石欄干，憑欄俯視，在一大片溪灘的淺水池中，有一塊大方石，形式頗似臺灣地形，峯川畢呈，可稱奇景。

暢游到此，本可告一段落，回到車上，大家還餘興未盡，硬是纏着導遊小姐問這問那。導遊小姐笑而不答，却奇峯突起的說：「有一支大路歌你們會唱嗎？」

「大路歌？」大家睁大了眼睛瞪着她。「我們還沒聽過呢，你會唱嗎？」

「如果你們喜歡聽，不嫌我嗓門不好，我就唱。大路歌會告訴你一切，免得你們問不完。」

「好哪！就請你來個獨唱吧。」

「不，這支歌要人多，唱起來才好聽，有唱有和，一個人唱不好。」她又向車掌小姐一笑說：「我們兩人合唱好嗎？」

車掌小姐嬌羞地點點頭，表示同意。

「那就獻醜了。」導遊小姐老練的說：「讓我先來個獨白：臺灣被稱爲美麗的寶島，這就說明了是一個物產豐富，風光如畫的好地方。祇可惜中央山脈層巒起伏，像是一個會搗蛋的混魔王，牠橫身一臥，由南到北，頭脚直達兩邊海岸上。硬把臺灣分爲東西兩段。西部土肥，人衆，文化高，人民生活也美滿。東部叢山聳嶺不開化，山地同胞還活在原始社會的情況下。兩相比較相差何止一百年。日本人在時就想打通牠，他們費盡心力開了一小段，面臨那萬年化石，千重關山，無可奈何地嘆了一口氣，顧難却步了。直到青天白日的國旗在臺灣的天空飄起，這混世魔王才又再度被注意。政府，官員和工程師來了又回去，回去了又來，測量，勘察，數不清多少回。終於有一天，派來一批百戰歸來的老兵，政府希望他們以作戰的精神，向這混世魔王進攻。打通人與人中間的阻碍，溝通物與心的交流。讓一直生活在半開化情況下的山胞，也能接受現代文明的洗禮，發揮他們潛在的體力和智能。何況還有埋藏了幾千幾萬年的無窮寶藏，也一直在地底下嘆息和歌唱，也該讓牠們到這世界上來觀光、觀光。爲國家，也爲他們自己，開通這阻碍人類社會進化的障碍物，另闢一個新天地，問他們有沒有這勇氣。」

「好！」一片鼓掌聲。

車掌小姐接唱：「那有甚麼不可以。他們一齊說。勇氣和信心，充滿了他們的生命，困難是甚麼，他們似乎不大懂，「來吧，」他們立刻唱起來……」

導遊小姐：「唱這支歌之前，我還有一句話，就是這支歌是大家的心裡唱出來的，不是做文章的人寫出來的，所以你們有學問的人聽了，不要見笑，覺得不文雅……」

客：「由心窩裡唱出來的歌，是最好的歌，請快唱，莫多說。」

導：「來吧，來吧，親愛的好弟兄！」

車：「來哪，來哪，我的好弟兄！」

導：「大家一條心，照着上面交下的藍圖，

對準那目中無人的大怪物直轟，直轟！」
衆：「轟吧，轟吧，我們有的是勇氣和信心，
怕甚麼關山千萬重，怕甚麼荆棘和叢林，怕甚麼猛獸和毒蟲！」
導：「千萬人一條心，甚麼事做不成？
想一想，我們打過多少仗，殲滅過多少敵人！
困難是甚麼，牠和我們太陌生！」
車：「讓我們一路轟，一路前進，
一路前進，一路轟，」
導：「困難原是弱者的祖宗，」
車：「我們從來沒有認過這門親！」
導：「轟吧，轟吧，親愛的好弟兄，」
衆：「讓我們一路轟，一路前進，
一路前進，一路轟，連弱者的祖宗一齊轟！」
導：「開築自由博愛的大道，

不但需要轟，還需要不斷的加工，
破壞和建設，要相輔相成，正如親愛的弟和兄，
鋼筋，柏油，混泥土，少一樣都不成。
要安全，還要不斷的加工，加工！」

車：「加工，加工，又加工，
我雖非馬戲團出身。
還得表演空中飛人，
將繩的兩端縛在有距離的古樹上，
握住它，飄到西，又蹦到東，
爲那些懸岩絕壁保壽險，
加上水泥和鋼筋！」

導：「我還被人縛在繩子上，丟入深谷，又拉到半空，察看路基岩壁安全否，是否需要加工又加
工！」

車：「有時脚下滑溜溜，
怎麼也立不住身。

原來地上的腐敗爛葉有幾尺深，
一個不小心，就要獅子大翻身；
滾下那深不見底的深谷，你也別想再偷生！
走一步，便撒一把泥巴粉，一步，一驚心，
泣血的猿聲遠近聞！」

導：「我們本是百戰歸來的好弟兄，
為保障國家社會的安全，
早就忘了死和生，
革命軍人向來不怕難，不怕死，
怕難，怕死便不是革命軍人！」

車：「人生最大的快樂，該是覺得自己還有用，無論是對國家，對人民。」

導：「最大的悲哀是受人憐，
天下最可憐的是可憐蟲。」

車：「別以為英雄老去，便壯志消沉，」

導：「憑我們的雙手和雙脚，敢向大自然瞪眼睛！」

車：「親愛的好弟兄，千萬人一條心，」

導：「堅固得有如水泥和鋼筋，」

車：「天下事那一樣做不成！」

合：「爲了大家的安全，加工，加工，再加工！」

一片鼓掌聲。

導白：「他們以大無畏的精神，沐風櫛雨，胼手胝足，就這樣轟着，唱着，前進着；轟開了千萬年的化石，洞穿了千萬重的關山；每一土地都有生命的躍動，每一塊懸岩絕壁，都紀錄了中華兒女的勇氣和信心。就憑他們的勇氣和信心，化不可能爲可能。看吧，朋友，這名震遐邇的橫貫公路呀，像甚麼？像甚麼。」

車：「我說呀，牠像一條力大無比的大蛟龍，」

導：「搖頭，擺尾，還扭着腰，一路盤旋，搖擺往前衝！」

車：「經險谷。」

導：「跨河溪，」

車：「穿懸岩，」
導：「攀削壁，」
車：「一股勁兒，洞穿了關山千萬里，」
導：「還幾度翻騰入雲，」
車：「向着偉大的自然瞪眼睛！」
導：「是誰？賦與牠這樣大的力量。」
車：「是誰？給與牠這樣强的生命！」
合：「百戰歸來的老兵！都是我們心上的大英雄！」
「好」大家說，「眞是形容得淋漓盡致。」
「這條路有多長呢？」有人問。
「它通向永恆，通向人們心裡，無法估計，」大家說。
橫貫公路之遊在我們一片歡呼和掌聲歌聲中結束。
這支大路歌，却時常在我心上廻旋。把我引向一片光明的遠景。

爲慶祝　總統八十華誕而作。

祖母的故事

由書棹上抬起頭來，我一眼又看到對面牆上那兩條鯉魚樂陶陶地併游過去。雖然，我「非魚」，但看畫面上它們那股悠然自得的勁兒，怎能說它不樂呢。唉，它們樂則樂矣。而給與它們那份樂，那份怡然自得，讓牠們在油油春水中自在往返的創作者，和當日情景，就不堪回首了。

記得那是一個晴朗的秋日上午。在故鄉，正是天高地爽、楓林如醉。有人送了一些梨子來。我削了兩個送到祖父的畫室去，正好祖父在畫着，祖母坐在一旁觀看。大家坐着吃梨時，祖母悄悄對我說：「看，公公老哪，你想要他的畫，就趁早要吧。」於是，我就向祖父要了他正在畫的那兩條鯉魚。在畫的一角，祖父還給我題了字：「天涯若比鄰。（鄰與鱗諧音）題此望女孫嬋貞勉之。蒼葭老人餘墨。」還蓋上他自己刻的鷄血石圖章。祖母說：「好好帶在身邊，將來你看不到我們時，還能看到它。」我當時心裏一陣凉，不知說甚麼好。但我心裏一直記得祖母那句話。帶着它輾轉流離，經過八年抗戰，勝利返鄉，又輾轉來到臺灣。多少東西都丟光了。而它，却一直與我同在。正如祖母所說，看到它時，我就想起永遠看不到了的祖父母，和祖父母長眠在那兒的故鄉。在故鄉，我家住宅前廊門首，有一横匾，題曰：「葉蒼葭軒」，因此，祖父替晚輩寫字畫，常自署蒼葭老人。如今，不但蒼葭老人墓木已拱。蒼葭軒內，家人也早如鳥散。世事滄桑，不堪回首。如果不是當日祖母一提，說不定我身邊一張祖父的畫都沒留下呢？我們常常覺得自己身邊的事物，無須急忙忙抓牢，而生命中最寶貴的事物，也常在這一念中失去，到你想把握它時，早成明日黃花了。由這小事，也可看出祖母的精細踏實處。

想起祖母，我耳邊就響起一陣碰，桶；碰，桶；碰，桶的杖履聲，隨着杖履聲而來的，是祖母那股精緻俐落，明朗爽快的氣派。還沒開口，她的眼睛便告訴了你她要說甚麼。喜怒哀樂，一目了然。軟心腸兒急性子，好勝，却事事怕別人吃虧。眉目清秀中透着精明能幹，精明能幹中，又多少透點老天眞。頭髮一絲不亂的往後面梳着，頭後的巴巴頭髮髻，横貫一支兩頭尖圓的碧玉簪。正中央釘了一朶白玉飾花的墨絲絨圍邊，由前額兩邊分開往下垂，把髮脚都裹住，看起來既典雅，又大方。無論什麼衣服，穿在祖母身上，總是平平挺挺的，從來不見皺摺。三寸金蓮的緞面鞋，也從沒見過塵污，或歪歪斜斜。唉，祖母呀，正如春日的陽光，總給人帶來滿心舒暢和溫暖。

祖母原籍廣東，正有廣東婦女勤勞儉樸的美德，日常居家，那怕紙片炭屑之微，也儘可能與以利用。一雙三寸金蓮的小脚，整日忙個不停。因爲三寸金蓮實在太小，承受不了太多的負荷，不得不借重一柱手杖。祖母來時，手杖先打報告，碰，桶；碰，桶；碰，桶的，有節有拍地，一路報過來。碰，是手杖着地聲，接著重重的一聲「桶！」便是三寸金蓮在訴苦。她天明卽起，一起來，便前院後院，到處視察一番。因此，每日清晨，我家到處都可以聽到碰，桶；碰，桶之聲，那怕在冰天雪地的嚴多，碰桶聲依舊不停。一聽到碰桶聲由遠而近，母親便急急忙忙叫喚我們：

「快起來呀，聽，祖母都起來了！」

由熱被窩裏伸出頭來一看，「天哪，屋簷下的冰條，像水晶簾一樣掛滿了。」心裏眞有點埋怨祖母不會享福，可憐，祇要碰桶聲一響，一家人，除了祖父，誰也睡不成了，你想賴在床上，母親會開教訓：「婆婆都起來了！晚輩還賴在床上成什麼體統？」

其實，祖母本人，對孫兒女是祇有溺愛，祇有寬容，從不嚴厲的。有時母親管嚴一點，她還要發母親脾氣。兒時難免當着客人頑皮，有祖母在座，更覺有恃而無恐，得意洋洋，爲所欲爲。有時，母親無可奈何的瞪一眼，以示制止。祖母心靈眼快，客人一走，馬上教訓母親：「天哪，你這樣用眼睛瞪他，不要把孩子嚇壞嗎？」常常使得母親啼笑皆非。我們有點小病睡在床上，祖母也是一會兒來，一會兒去的。一會兒要你吃點甚麼，一會兒又躭心你涼了，熱了。所以臥室內碰，桶聲斷續不絕。有時想撒撒嬌，聽到碰桶聲由遠而近，故意閉上眼睛，還發出均勻的鼾聲，她掀開帳子一看，自言自語：「我的單方到底不錯，才喝下去就熟睡了！」輕輕把被角塞好，儘可能把杖步放輕，又一路碰桶，碰桶響出去。聽到身後噗哧一聲笑時，回過頭來，故意發出恨恨的聲調說：「好，你會騙人，到明日不打你一頓屁股才怪！」其實。她心裏眞喜歡孫兒們和她搗搗小蛋取樂呢。兒時，我們兄弟姊妹無分男女，都和祖母一床睡過一年半載，甚或兩三年。祖母的房間特大，大房間後面還有小房間，小房間是侍候她的傭人睡的。大房間裏除了她自己的床，還有一張大床，是專爲孫兒女而設的，所以我們姊妹沒有一人和奶媽單獨睡在一房過。躺在祖母懷裏，聽她說故事是最大的享受。儘管她的故事說來說去，也不過大猩猩、老黃狗、小麻雀、觀音老母、小白兎尋母記那幾個，可是祖孫都樂此不疲。因爲隨着故事而來的，還有無窮的愛撫和可口的糖菓呀。在祖母呢，祇要兒孫在抱，便覺樂趣無窮，一切由孫兒女而來的痲煩，都是她的享受。記得那時我唸高中了。在炎熱的暑假期中，我總喜歡躺在通後花園的長廊的躺椅上看書。有時朦朧睡去，一覺醒來，常發覺祖母坐在一旁，搖着一把鵝毛扇，爲我搧涼提蚊蟲。我過意不去說：「婆婆，你也躺躺，我來替你搧涼，」「傻子，」祖母笑起來，「我又不是小孩子，這樣亮光光，怎麼睡得着？搖搖扇，看你睡得甜，自個心裏也甜了。」看着祖母頭上閃亮的白髮，我心裏一陣酸，趕緊將書本往臉上一蓋，讓不聽話的眼淚滾下來。鄰里都說：「你們的婆婆呀，把你們銜在口裏，還怕融化了！」

疼愛歸疼愛，祖母可不是爛好老，糊塗的當家人。她的家規，可也有板有眼，誰也不敢亂來一下。大哥少時，以不羈名。却也不抽煙、不玩牌。似乎這一切，都是自自然然的，無須祖母開口，各人識趣罷了。祖母沒有受過教育，略識字而已，但理起家來，可毫不含糊。一家大小，裏裏外外，事無巨細，她都瞭如指掌。廣東人多善理財，祖母也不例外。父親是祖父母的獨子，因獻身革命，四方奔走，長年不歸。祖父生性曠達，書畫自娛，不事家人生產，朝夕徜徉於山水之間，與漁夫樵父話桑麻，有如野鶴行雲，自樂其樂。甚至把錢借給人家，無論數目大小，不但不取借據，自已帳也不記一筆。時日一久，人家賴了，他也一笑付之。在祖父，錢財是身外物，何足道哉。祖母可不能坐視家道中落，兒孫前途失去保障，於是，她肩上的負荷就加重了。不得不借重手杖幫忙了！

祖母曾以幽默的口吻，和我們說起一個有趣的故事，「當年，」祖母說：「媒人來替我作媒時，向我外婆說：別的不談，單憑男孩子（指祖父）那支筆，也吃不盡，用不盡，榮華富貴，享受不盡。」嘆一口氣，祖母接下去笑着說：「如果眞憑老頭子那支筆，我討飯的棍子也磨光了！」嘆氣總歸嘆氣，其實祖母也眞能欣賞祖父的才氣。儘管這股才氣，依世俗的眼光，沒有給她帶來半點好處。可是祖母說過：「話又說回來，如果一個男子漢，整天爲一家的柴米油鹽打算，不想點別的有意義的事，也太沒意思了。」言下，對祖父的藝術生涯，父親的從事革命，也有頗以爲榮之意。雖然勤勞儉樸，祖母並非事事斤斤計較。她做事踏實，理財有道，可並不庸俗。由下面一個故事，也可看出祖母性格方面的可愛和幽默處：那是在炎炎的夏夜，祖父睡在床上，熄了燈却未睡熟，看到小偷由窗口一躍而入，却不動聲色，帶着看戲的心情，想欣賞一下小偷的技巧。從朦朧的月色中，發覺來者是個孩子，翻來翻去，不知如何下手。祖父知道是個「生手」，頗想助他一臂之力。「小伙，」祖父說：「這樣亂翻一陣，吵着我不能睡覺，找甚麼？」小偷大嚇一跳，正要脫窗而逃時，祖父又把他叫住。「你什麼也沒拿到，怎麼就跑？」聽祖父口氣溫和，小偷果然站住。「那張書棹左邊抽屜裏有點現款，拿走吧。」却之不恭，小偷當然「恭敬不如從命」了。他拿了錢正想由原路跑出去時，祖父又給他提出警告：「我家燒飯的老張，一身武藝，可不是好惹的，說不定現在還在後面巡視沒睡哩，你不如打開前門出去吧。下不爲例，以後再來，我可不替你保駕了！」祖父算是開了個小小的玩笑。爲了增加安全設備，祖母不得不大興土木忙一陣了。「退財得福，」祖母有時也有阿Q的哲學思想。「如果老頭子叫起來，說不定小偷要刺他一刀呢。」這樣想時，她自然就也不埋怨祖父把她預算中的一筆錢，客客氣氣送給小偷了。想不到那年除夕，祖母正忙得團團轉時，收到一隻紅包，打開一看，不多不少，正是小偷在祖父抽屜裏拿走的數目。裏面附了個小條說：「某月某日夜晚，因急需，在尊處所借之款，謹如數奉還，請點收，並祝年禧，」下署感恩人。想不到小偷還有這一手，有良心，有義氣，祖母眞是喜出望外。把原封包端詳再四，祖母望着飯棹對面祖父拈鬚微笑的得意樣兒，忍不住想恭維他幾句了。「公公，」祖母說：「我今天才發現，你是最了不起的智多星，既仁慈，又慷慨，最難得是有知人之明，連小偷也被你感化歸正了：到今天，我眞是甘拜下風了！」祖母自己乾一杯，還向大家說：「敬公公的酒呀！」原來，祖母大喜之下，把紅包看了又看，忽然看出點問題來了。那紅包的紙，正是她自備應用的。而那字條上的字，又和讀小學的二哥的差不多。她心裏一亮，原來是老頭子玩花樣，想給她意外的一樂。心領之餘，不得不向老伴表示敬佩之忱而乾一杯了。

祖母一生，迭經憂患，和骨肉之痛。三歲喪父，五歲時，慈母又撒手西歸，相隨她父親於地下。百萬家財的老家，在千里外的廣東，外婆捨不得把三個孤兒送去，就一齊收養，與以教讀婚配。祖母居中，還有一姐、一弟。童年生活，正有和林黛玉相似處。可是，她却不像林黛玉，整天活在雲裏霧裏，處處都需要別人的扶持。相反的，她好像是一株長在大自然懷抱裏的小松樹，不但自己經得起狂風暴雨的考驗，還一直努力掙扎，希望自己能變成一座安全的保壘，爲她所愛的人，遮風擋雨。她熱愛生活，熱愛生命，熱愛她自己生命所創造的一切，自然包括她的兒孫。活到七十六歲，父親、大哥已先後爲革命犧牲，二哥也已病逝，剩下一門孤弱，使她放不下心，她死了，又活回來。我們環跪床前送了終，過了半天，祖母又悠悠嘆一口氣活回來者，達三次之多。我知道，祖母之所以捨不得離開這多災多難的人世，祇是放不下心，漫天風雨，一羣孤兒……投奔何處？

最後，她終於無可奈何的走了，可是她的精神一直與我同在，我耳邊常常響着她的手杖和脚步，碰，桶；碰，桶；碰，桶！這聲音常常給我帶來勇氣，也給我帶來信心，我常常覺得祖母的生命，有如一把火炬，照引別人，燃燒自己。

燈　下

窗外是一片幽暗，幽暗得和海一樣深，一樣浩瀚無際，窗內亮着老式的煤油燈，煤油燈發散着幽幽淡淡的光亮，照不到大房間的角落，祇在近窗前那一塊暈着光圈，光圈下坐着母親和她的孩子，一個蒼白瘦小的小女孩，鄉村的夜晚好靜，靜得人們可以聽到彼此的呼吸，聽到綉花針落地的聲響。母親正低着頭，聚精凝神地一針一線的綉着，隨着母親一刺一抽的手勢，綉花針頭穿過緊綳着的綉料時發出崩，崩，崩，細小卻清晰可聞的聲響。這聲響混和着窗外微風動樹的聲音，斷續的蟲聲，以及屋後隱隱約約傳來的江聲，更渲染了鄉居生活的寂寥。

「媽，」小女孩由練習本上抬起頭來，「我好睏啊！」

「睡吧，」母親說，「時候也不早了，媽給你舖床去。」

「我不要睡，」孩子趕緊站起來，拉住準備起身的母親，「我祇想和媽說說話，媽，你這是繡給那一個的呀？」

孩子望着寶藍色緞面上媽媽繡的幾枝小朵，小苞兒深深淺淺的紅梅花，和另一端白絲線繡的竹枝說。

頓時，母親的臉和盛開的梅花一樣笑開了，「我繡一隻小荷包兒給你大哥。」

「媽不是說大哥在廣東從軍了，快要出發打回來了，還要這荷包兒幹什麼？」

「就是嘛，最近滿老公家的啓哥也要去廣東從軍了，我要託他把這荷包兒帶去，好讓你大哥在出發前把牠掛在胸前，我還要結一根囍字絲線帶呢。」

「爲什麼一定要掛在胸前，掛着幹嘛？」小女孩亮着好奇的眼睛追問。

「傻孩子，你瞧這荷包的兩面，一面是紅的梅花，一面是白的修竹，梅花傲霜雪，是我們的國花；竹比君子，因它正直而又虛心。唉，你大哥什麼都好，就是太急燥了一點，媽除了希望他處人處事更要容忍謙和些，可再沒有什麼不放心的了！他一看就會懂得媽的用意的。」

「媽，你把荷包的一面繡上我們的國花，是要大哥爲國盡忠嗎？」

「正是這個意思。其實，媽不必暗示。你大哥生就是個盡忠盡孝的好男兒。」母親說。「荷包裏一層放你爸爸的照片，另一層放一尊小佛像，佛像是雄黃精塑成的，它能鎭邪，相當名貴，怎好把佛和爸爸掛在褲腰上呢？但願佛和你爸保佑你大哥一帆風順，勝利歸來！」說着，母親無限淒涼似的微笑了一下，她的低沉的話語聲，像是一縷悲涼的簫聲，在晚風中飄忽，飄忽着慈母的夢，也飄忽着慈母的淚！

小女孩也感到了那氣氛，卻不知說什麼好，祇叫了母親一聲，「媽，」

望了望孩子，在等她把話接下去，母親又開口了：「當初你大哥去廣州時，我就想把這尊小佛像給他帶着，繼而一想，他是不相信這一套的，決不會接受。現在我把它放在自己綉的荷包裏，和你爸爸的照片在一起，他就一定會帶上它。唉，你大哥呀，有志氣，有才幹，有孝心，有時可眞像個孩子，喜歡吃媽做的點心和小菜，喜歡媽媽的手做的任何東西。」母親說着，眼睛裏突然泛起一層霧氣，她用手擦了擦眼睛，說：「好了，媽的話說完了，現在該去睡了。」母親放下針線，把孩子抱過來替她脫衣服，孩子扭着，還是不想睡，又另外出題目：

「媽，我好想聽紡紗車唱歌啊！（註一）媽爲什麼好久不紡紗了？」

「快了，你忘了紡紗車是冬天才唱歌的呀，秋天都過了一大半，冬天的脚步跟着就響過來了，聽，窗外那細細的聲響，樹木又開始落葉了！」說着，母親長長的嘆了一口氣，兩行熱淚不由自主的滾了出來。孩子警覺地：

「媽，」用手去擦母親的眼睛。

「睡吧，乖孩子，」母親說。把孩子抱上床，給她蓋上被，又輕輕地放下帳子，自己坐回原來的坐位上，楞楞地聽着窗外的落葉聲。

無知的孩子，很快就進入了夢鄉，可是母親的眼淚，什麼時候才能停止呢？對時令，母親比任何人都敏感，痛苦的磨練，春花秋月，已不能使她縈懷遣興，可是每當西風撼樹的冬天一到，她的心便像被一枝枝的利劍穿刺一樣，自從父親在那一年的冬天殉難以來，多少個冬天過去了，根據習俗，亡者設在家中的靈座（註三），屆滿三年，便要撤去。於今整整四年都過去了，父親的靈座，還一直留在家中早晚供奉。爲的是想加深無知的孩子們對父親的印象，更爲的是想在國民革命軍光復湖南後，好在靈前祭告一番。使父親九泉瞑目。現在北伐的號角總算響起來了，大孩子也加入了北伐的陣營，在億萬同胞對國民革命軍的企盼祝福中，母親的心情卻是最興奮，也最矛盾的一個。因爲，她知道革命的意義！戰爭的意義！和犧牲的意義！知道這些莊嚴偉大的名詞，對她自己和這個家庭的意義。祇因她是一個母親，祇因她有着太多哀痛的經驗，祇因她了解自己的孩子，更因她自己對國民革命成功那份熱切的盼望，那種又興奮，又躭心的矛盾滋味，像是一杯熱酒在她心裏熬煎着，沸騰着；她無法，也不能和人訴說，那怕是婆婆，那怕是孩子們。因爲她希望在大難之後，一直在風雨中飄搖的這個家庭中的每一成員，能過幾天比較平靜的日子。唯一排除苦悶，發抒情感的辦法就是工作，祇有在爲孩子們工作的時候，她才能體會出自己生存的意義，和生活的目的，心情才較平穩。母親本是個凝靜溫良，謙恭勤儉的人，除了照顧孩子們的起居飲食，她還操作女紅，她習慣夏天績麻（註二）冬天紡紗，春秋綉花。這本是一般舊式婦女的日常工作，母親卻以此爲樂！

在紡紗的時候，母親常常感覺到那根細紗是由她心裏拉出來的，是她的心血凝結起來的，綿綿不斷的拉出來，繞在孩子們的身上，像蠶繭護着蠶蛹一樣保護孩子們，使他們不致受到外界任何侵害。在績麻的時候呢？當她用手指擰結一根根的細麻絲時，她便覺得她擰結的不是麻，而是她和孩子們的生命，用她的愛使他們牢牢不斷地擰結起來，天長地久，永不分離。所以母親紡的紗，和她績的麻，都比人家的精細。因爲她是運用了她的全部智慧在操作，在操作的過程，她秘密地享受着不足爲外人道的生之喜樂，生之意義，整個忘記了外面風風雨雨的世界。

在母親看來，一個女人的世界就是家，做女人的任務，就是把家弄成一個溫暖和平的世界。她抱着這個宗旨結了婚。可是父親告訴她：沒有國，那有家；要建家，先建國；要建國，他就得離開家，和一些志同道合的有爲之士，團結一起去奮鬭！她想不出什麼理由去駁倒父親，祇好默默地忍受着無盡的離別，默默地貢獻出自己全部的心力，幫助父親去完成偉大的志願，好早日同享天倫之樂；沒想到國事一波未平，一波又起，爲抗拒洶湧而來的逆流濁浪，父親終於付出了他的生命……。

往事成追憶，母親好像做了一場春夢。年輕時，那些寂寞憂傷的歲月，都在孩子們的哭笑聲中溜過，父親殉難後，孩子也逐漸成長，大的孩子去了廣東，小的也慢慢地先後進了小學，中學。祇有燈下伴讀，是母子相聚的時間。漫漫長晝，母親的生活，除了操作女紅，就是侍奉父親的靈座。也可以說，這是母親在淒涼歲月中一種凄涼的自慰。父親活着的時候，長年在外奔波，她沒有機緣和父親長伴晨夕，照顧他的起居飲食。這是她終生的遺憾。十幾年的夫妻，相處的時間不過十之一二，而且都是在驚濤駭浪的流亡生活中。於今父親死了，她以一種求補償和自贖的心意，全心全意來侍候父親的靈座，早晚上香燃燭，她安排了較大的孩子輪值負責。三餐茶飯、早晚點心，都由母親自己一手包辦，連抹拭靈座灰塵的工作，也不假手用人，父親喜歡吃母親做的點心和小菜，她便費盡心思，天天變化花樣去供奉。而且從不忘記上早茶時附上幾枚鹹橄欖，或是幾片蜜薑、鹽薑開開胃，做蜜汁糯米藕和冰糖蓮子時加點桂花。因爲父親和大哥都愛甜食。在夏秋之際，母親還忙着做蜜餞，母親做的蜜餞，不但比市上的乾淨夠味，而且使許多菓實，都變成了有愛有淚的藝術品。因爲她總是把它們刻塑成各種不同的花鳥，譬如將蓮藕刻成福壽雙全，將沒有長成的小柚子（尙未長心的）雕成事事如意，一帆風順等畫圖，其他如佛手、杏子、李子、茄子等，在她的巧思安排下，都成了妙趣天成的名花異草。祇有楊梅肉少，無法刻花。梨子和桃棄而不要，因桃（逃）同音，梨（離）同音，母親認爲它不祥。長長的干豆，便將它結成雙囍或壽字結。蜜矖菓實時並加點蘇打和少許的鹽，使其保持天然本色，吃起來甜而不膩。這種工作既費時，也吃力，在幽淡的煤油燈光下，母親常常手握雕刀，聚精凝神地，一筆，一刀的雕着，切着，好像要把她自己的心都雕切上去一樣，雕切好了，還要蜜矖，因爲怕蒼蠅，趕太陽，一天到晚把它搬進搬出不知多少回。有時孩子們覺得母親太累了，勸她：

「媽，您把它蜜矖好就得了，爲什麼還要那麼費事去雕花刻朵呢？」

「爲什麼不呢？」母親露出驚訝的目光反問孩子們，「這樣看起來美觀，吃起來也香些甜些，你爸和大哥都喜歡媽這種作法呢，你大哥常說，媽，你的傑作我眞捨不得一口吃下去，總要先觀賞一番，才慢慢品賞。」

母親本有藝術的天才，她綉花、挑花，都是自己繪圖自己挑綉。而且她能挑出兩面一樣的線路，看不出正面和裏面。（普通人挑的花，裏面都是一直條的針脚路線，結結疤疤的，很不美觀，如做手帕，便不合適。）而且，母親也和那位曾經在臺多次展出剪花藝術的鄧老太太一樣，能得心應手，用紙剪出各種花、字、和畫圖、花鳥蟲魚，皆妙趣盎然，栩栩如生。平常家裏送人婚喪喜慶的禮物上，母親總要貼上大紅紙，或素紙剪的各種含義的字和畫。連送給佃戶家產婦吃的鷄蛋，都要在每個蛋上貼上大紅紙剪的喜字，或福字。這種附加的秀才人情，不但使受者倍感親切，還被好些親友保存起來做紀念品，也有留下來準備自家送人禮物時派用場的。

祇要能增加一點她所喜愛的人的幸福和樂趣，母親從不考慮她要流多少汗，付出多大的代價，爲了怕市面上的食物不夠清潔，更爲了讓孩子們增一份樂趣，逢年過節，大批糕菓食物，都是母親自己動手，或指揮傭人做。如粽子、年糕、米花糖、芝麻片、花生糖、玉蘭片……等以及夏天的冷飲。孩子們大了在外求學，身體不適時，想起母親的傑作來，便覺口舌生津，心上油然，母親慈愛的音容，也立即來到了眼前似的，痛苦也跟着減輕了！愛，原是奇妙的，有時，眞能愛到病除，不管這病是精神上的，或肉體上的。愛的功能，常常超過教條、法律、和醫藥！

母親雖然一年到頭忙這忙那，忙個沒完，可是，她自己極少享受自己辛勞的成果。她不但不喜零食，連正餐也吃的極少，因爲信佛，一年之中，有三分之二的時間茹素。有時，孩子們躭心母親的健康，勸她多進營養食品，母親却說：「你們以爲把媽養得像個專會吃，不做事的大肥猪，就是孝順，媽死了，在九泉見到你們爸，他問起我別後情形，我怎樣答覆他呢，告訴他沒有別的，祇是吃够了，睡足了嗎？」母親悲戚的一笑，接着說：「唉，祇要你們個個成器，使媽在社會上抬得起頭，死了對你們的爸交代得過去，比給媽吃人參菓還好！」

此語一出，母親和孩子，都覺得心上黯然，肩上沈重，任何話語，都是多餘的了！

勤勞儉樸，出自母親的天性，反此她便感覺不安。她績麻做成的夏布，多數都是做帳子，以後市面上有了空洞洞的羅紗帳，比較涼爽通氣，孩子們也都喜歡洞洞的。可是每到夏天，母親還是照紡績不誤，織好了少數的給孩子們做上衣，多數拿去送人。她紡織的棉布，後來也很難派上用場，因爲孩子們在校都穿制服，在家的日子太少，也很少穿家裏織的布，因爲它雖然耐穿耐用，總不及機器布柔輭。可是，每到多天，母親也照紡不誤，她照樣拿去送給較貧寒的戚里佃戶，或佣人家的孩子。母親去世後，孩子們發現她的大樟木箱裏，滿滿一箱，都是大包小包的夏布、棉布都註明了送給某某，某某的。連她的小脚洋毛襪都有近打新的，她也註明了送給某人。因爲孩子們在外求學；總是給她買好洋毛襪，看見她常常拿去送人，所以不斷的買給她，想不到她還留下這樣多。因爲舊的不破，她絕不換新的。

母親曬的蜜餞，除了過年過節，奉贈戚族中的長輩，奉獻祖父母，主要是供奉父親的靈位，等大哥北伐回來吃。等了一年，大哥沒有蹤影，把留給大哥的給小的孩子們吃了，又蜜曬新的，年復一年，母親含笑帶淚的忙碌着，等候着，沒想到大哥一去永不還。和父親一樣，母親給他曬的蜜餞，祇好用來供奉他的靈位。至於母親自己，祇在蜜曬的過程嘗嘗味道是否合口，對甜食，她根本不感興趣。母親是外祖母最寵愛的長女，外祖母家居城北石坪，離我家極遠，交通又不便利，來回一趟，光在路上，就得躭擱兩天。所以，母親每年祇在外祖母生日時，回娘家小住幾天。可是，直到母親做了祖母，外祖母還經常派人挑了大挑大挑的東西來探視母親，母親總把那些食物分成若干份，把頂好的奉獻祖父母，供奉父親、大哥的靈位，次及左右隣居，男女僕人，也各有一份。膝下的，便留給孩子們慢慢享受。所以家中大小，聽到石坪陳家人來，皆大歡喜。

雖然家裏設了大哥的靈位，（附在父親的靈座內，）母親還是到處求神問卜，希望奇蹟出現。因爲大哥公葬廣州黃埔，他的屍骨沒有運回湖南老家。慈母心懷，她不相信像大哥這樣好的孩子，竟會一戰成仁，陣亡淡水。她清楚的記得父親當年參加革命工作，也曾好幾次傳聞被清廷處決了！結果，還不是活着回來了！在父親殉難前，不知死過多少次了！故事常常會重演的，她想。所以每到黃昏時分，除非是狂風暴雨的壞天氣，她總要扶着孩子們到通往外界的柳堤上，向遠方眺望一番，孩子們好奇，問她：

「媽，你望什麼？」

「不望什麼。」母親裝作若無其事般淒然說。却忍不住要流出來的眼淚。有一次，她却在無意中洩漏了她心中那份又痛苦又甜蜜的希望。那是一個晴好的夏日黃昏，母親又帶着孩子來到柳堤，她的手放在孩子肩上，癡癡地望着柳堤盡頭的渺渺雲天，好久、好久，都沒有說一句話，也沒有移動下站的位置，小女孩受不了那份靜默，和那一種類似絕望的固執，她開口了：

「媽！」

「嗯，」母親慢應着，輕輕地嘆了一口氣，也許她的流淚過多的眼睛，也望得發痳，發痛了！但仍不回轉頭來，指了指脚下宛延前伸的提路說，「這是一條希望之路，自從我在新婚期站在這兒送走了你爸爸，後來又先後站在這兒送哥哥們去上學，去遠方打天下，（指大哥去廣州從軍。）這一生中，也不知有多少次，我一個人悄悄地站在這兒，或帶着孩子站在那兒，等候他們的信件，等候他們平安歸來。他們有了歸期，我也總是站在這兒迎接他們，常常覺得他們是由謝家那片竹林裏蹦出來似的，尤其是他們騎馬回來的時候。瞧，謝家那片長在路邊的竹林是越來越茂盛了！整個擋住了人的眼界，也像是擋住了人的希望，再望不到前路，唉，這片竹林，不知給過我多少快樂，多少眼淚，多少驚奇！會不會有一天，又蹦出一個人影來，蹦出一個我心中的人影來！」

早熟的小女兒，想起被二哥藏起來沒敢讓祖父母和母親看到的那隻荷包，那隻染了大哥的鮮血的綉花荷包！那隻母親自己綉製託人帶給大哥的荷包！她哭了。那是許久以前，大哥的同學託人連大哥的部份日記一起帶回的，並說這是大哥成仁後，他們在他胸前取下來的，因為二哥曾一再囑咐不要把這件事告訴母親和祖父母，免得他們睹物思人。所以她什麼也不敢說，祇是拖住母親的衣角哭嚷：

「媽，我們回去吧，快吃晚飯了，我好餓啊！」

其實，就整個環境來說：使母親觸景傷情的事太多了！記得在另一個暗淡的煤油燈光下，母親正陪着孩子們做功課，聽到窗外有一點什麼響動，母親就緊張的站起來，拿起煤油燈向窗外照去，還側着耳朵來細聽，孩子問她：

「媽，什麼事？」

「你們聽到窗外什麼響動嗎？」

「林了裏總歸有點聲音嘛，什麼事？」

「噢，」母親悠悠地嘆了一口氣，重新坐下來，慢慢吞吞的說：「我又想起了小白！」

「小白？」

「是的，小白。我常常想起小白。」

「小白是誰？」

「小白就是小白，我難道沒有把你爸和小白的故事告訴你們嗎？」

「沒有嘛，誰是小白？」

「小白是你爸的好朋友，」母親的目光又轉向窗外，低沈沈的說。「他幫助你爸渡過許生死難關，最後，他爲救你爸出險，捨棄了他自己的生命。」

「呀，好偉大，他是怎樣的人呢？」孩子們發出驚嘆。

「他什麼樣的人都不是，卻通人性，有義氣，忠心耿耿。」

「那麼牠是狐狸精，還是別的什麼？……」

「那有狐呀鬼的敢近你爸的身，你爸才不怕邪，不信鬼呢？」

「那他到底是什麼嘛？」

「小白是匹駿馬啊！因爲長了一身光亮潔白的毛，來到你爸身邊時，年齡還很小，所以你爸叫牠小白。小白勇敢、負責、忠誠。好幾次牠都負着你爸逃出險境，最後一次，你爸被清兵追捕時，他已疲累不堪，却仍奮不顧身，負着你爸翻山涉水，眞是馬不停蹄，跑了一天一夜，才跑到家來。一到家，你爸剛由牠身上跳下來，就給牠水喝，並拍拍牠的頭說：小白，累了你了，喝點水，好好休息一下吧！」

「牠祇喝了兩口水，眼睛直瞪着你爸一動也不動，好像說：「對不起，我先走了，對不起！」就往地下一倒，哼也沒哼一聲，一翻身，雙腿抽動了幾下，便死了！」

「呵呀，好可憐啊！」孩子們同聲說。

「那是一個大荒年，」母親又抬起頭望望窗外，接下去說：「附近的祠廟，都住滿了外省外縣來逃荒的人。田裏的菜疏，樹上的菓子，都被那些難民弄去吃了，誰也不敢哼一聲，怕出事，因爲人家要活命呀！誰管得了。你爸親自給小白洗了澡，親自給他抹乾淨，還焚香燃燭，對牠行了三鞠躬，才用一床大毯子將牠包紮好，親自帶着族中的兄弟，在夜深時偷偷將牠埋在屋右的大樹林裏，還在墳前手植一株松樹爲記。晚上聽到窗外有什麼響動，你爸便一躍而起，深怕逃荒的難民，得知小白的長眠處，把牠掘出來充飢。」

「可憐的爸爸，他爲什麼不讓小白睡在棺材裏呢？」

「那是什麼年頭哪！」母親凄然。「如果那些災民知道我家死了一匹馬，一定要搶去吃了。那裏還敢勞師動衆，洩漏風聲。你爸曾 再說：革命成功後，他要把小白葬在祖山上去，還要給他立碑。想不到你爸壯志未酬身先死。記得我也曾把你爸這一番意思和你大哥說過，你大哥也說，他要厚葬小白，完成爸爸的心願，而你大哥，又一去不還。」

「我們現在將小白改葬，把牠搬到爸爸的墓旁去好哪！」

「不，」母親又回轉來望着窗外，暗淡的煤油燈光，畫出了飽經憂患的慈母側影。她若有所思的說：「如今，我倒覺得還是讓小白睡在窗外的樹林裏好，因爲是你爸爸親手把牠安置在那兒的。那株松樹也長得强勁茂盛，像是一把大傘似的覆蓋着小白，給人一種莊嚴安全的感覺。有時，林子裏有什麼響動，想起小白守在那裏，我覺得膽子都壯些。祇可憐添壽，比小白更不幸！……」

「添壽？添壽是誰？」

「添壽也是你爸的好朋友，一隻可憐的小狗。」

「怎麼小狗也是爸的好朋友？」

「你們看不起小狗嗎？他的行爲，可使我感到自愧不如呢？」母親嘆了一口氣。

「呵呀，眞有這樣的小狗嗎？媽，你快說給我們聽。」

「故事開始在你爸遇難的那一年的一個夏夜。」母親暗然說。「你們當然不會忘記你爸是在多天殉難的。那時你爸因身負使命，住在長沙，事關機密，並不曾接家眷前去同住。兩個哥哥在長沙考取了中學，和你爸住在一起。那夜你爸在外參加會議回來，經過一條曲折小巷時，聽到一種細小的，痛苦的呻吟聲，於是下了轎子去查看，原來聲音出自一隻被人打傷的小狗。是誰忍得下心去打這樣一隻可憐的小狗呢？你爸想。那天是祖母的生日，爸的內心正充滿了感恩的溫柔情意。他立卽把那小狗抱上驕，帶回家叫用人把牠洗擦乾淨，敷上白藥，牠的傷，幾天就好了。這小狗又聰明、又伶俐，牠每天都守在大門口等你爸回來，送他上轎，爸也很喜愛牠，給牠取名添壽，爸給祖父母的信還提到這件事。在你爸遇難之夜，添壽好像有什麼預感一樣，大吵大鬧不肯安睡，傭人怕擾了你爸的睡眠，將牠鎖在後院。當牠發現你爸已經遇難時，竟像人一樣的嚎啕大哭，眞乃如喪考妣，痛不欲生似的。整整三天三夜，牠跪在你爸靈柩前，點水點飯都不進口。趕也趕牠不開，拍牠摸牠，硬是不開口。在你爸的靈柩起程運回的頭一天，却雙脚一伸，死在靈前。如果我當時也在長沙，一定買副小棺木把牠裝了，和你爸的靈柩一同運回，把牠葬在你爸墳墓旁邊。服侍你爸多年的老劉，講起添壽，淚水盈眶說：「如果不是我親眼看到，人家和我說，我一定不相信呢？」我當時問老劉，「那麼你們當時怎樣安頓添壽的呢？」老劉無限歉疚的回答說：「唉，在那樣的大難中，大家都忙著逃命，大家想到的，祇是如何使兩位少爺脫險，如何把靈柩平安地運回老家，那裏還顧得到添壽？」

說完了小白和添壽的故事，母親已是熱淚縱橫，注視了幾個小蘿蔔頭好一會，才接下去說：「雖然我們遭遇過許多的不幸，我們也遇到一些好心人。獲得一些珍重的友誼。這些友誼有的來自你爸的朋友和戚里。也有來自人們認爲微不足道的小人物，像老劉，（父親的隨身男僕）和大嫂子，（在我家工作十餘年的女僕。）他們雖然外表平常，卻都有一顆像金剛鑽一樣的心。連小白和添壽都在內。對那些在患難中同情我們，進而支持我們的，無論他是貴，是賤，是人類是異類，我們都應該懷着感恩圖報的心情，奮發圖强。以不負他們對我們的同情和鼓勵！知道嗎？」

「知道。」我們一齊回答母親。「可是東廂樓上那個藍先生是怎麼回事，他又不是葉家人，爲什麼也安在我家先人紀念室裏？」

「藍先生嗎，也是你爸的好朋友，說來話長哪，時候不早了，一句話也不准多問，過幾天，他的媳婦和兩個孫女兒就會來和我們住在一起，好了，這棟空洞洞的大房子多了兩個小姑娘，也要熱鬧起來了，你們可得好好對待她們。現在趕緊上床，明晚，媽再告訴你們藍先生的故事。」母親說到做到，立即起身給我們舖床。

爲什麼孩子們會突然提到藍先生其人呢？因爲在這古老住宅的二樓東廂，有一間先人紀念室，這間紀念室裏擺了幾個大櫃子，櫃子裏放的都是一些先人的遺墨，手稿，著作等。牆上掛的，除先人的遺容、遺照外，和父親的照片並排掛着的，竟赫然有位身着道袍，（類似和尚服，）頭挽高髻（高到頭頂上，）面貌清秀，目光如炬，似不食人間煙火的人物。此公姓藍，和這個家庭毫無血緣關係。他不但和父親並坐在先人紀念室裏，這家正廳上首有一神龕，在天、地、國、親、師位的金字直匾的旁邊，有父親和大哥的照片，也有他的照片，四時八節，家裏祭祀祖先，也有他的席位，連中元節祭祖，焚化冥錢，也有他的一份，孩子們雖然都不曾見過他，在情感習慣上，都感覺他也是這家庭中的一員似的。自祖父以次，大家都稱他藍先生而不名。

他，便是三湘劍使藍仙果，由母親口中，得知藍本少林嫡派，劍術而外、武功絕倫，於書無所不讀，琴、棋、書、畫，樣樣精到，其父爲前清進士，有才名，早死，藍爲獨子，事母極孝，母患絕症，羣醫束手，藍在神前許下大願，願終身茹素行義，爲母求壽。後母病果愈。藍便終身不婚事佛。撫一養子，侍奉母親。藍因不滿當時清庭的腐化，也參加了革命工作，和湘中一些革命人物多有往返，和父親尤稱莫逆。護法之役，革命軍敗走湘南邊境，藍也隨軍駐節郴州，住在郴州郊外蘇仙嶺一個庵子裏，我的兩個哥哥都曾隨他習文習武。後藍客死郴州，父親爲他辦理喪事，還穿白布馬掛送他葬在蘇仙嶺上。因他所撫養子不肖，所以父親商請祖父母家中設藍靈位，四時祭祀。湘中對藍的武功及行徑，頗多傳奇性的傳說，或謂不肖生所著江湖奇俠傳中的某某，即係藍仙果，因無法求證，且不管它。據母親說，她曾聽父親說起藍曾為某地伯夷叔齊廟撰書一聯，文曰：「幾根瘦骨頭，撐持宇宙；一副餓皮肚，包羅古今。」又曾為洞庭湖的觀音崖書撰一聯：「洞口開自那年，呑不盡瀟湘奇氣；崖腹藏些何物，莫非是今古牢騷。」大意如此，文字或有小誤。文為心聲，由此可見其人的風骨。藍也曾畫一副帳簷（註四）為祖父壽。幾根疏竹，三二奇石，和龍飛鳳舞的行書題款，下筆着墨，都獨具一格，蒼勁中帶幾分仙氣和逸氣，正如藍本人，不帶人間煙火氣。奇人也。

在母親告訴我們藍先生的故事不久，一天，家裏便來了一位中年太太，和兩個小女孩，她們是坐用人雙手推的單輪土車子由淥口來的，淥口，便是藍的故鄉。那時，他的老母和養子都死了，家裏派去作弔的人，說及他家庭的淒涼，祖父便派人把他的媳婦和孫女兒接來同住。他的媳婦和孫女兒都很好，他的兩個孫女也和我們一塊上學，宛如一家人。我常常向他的小孫女打聽藍先生飛簷走壁的事，希望能得點本領，好在捉迷藏時，使別人找不到我，誰知他的小孫女兒連祖父都不曾見過。藍先生留在她們心裏的印象，好像還沒有我們深，在我那小小的年紀，頓覺人生非常空虛。

「打倒列强，打倒列强；除軍閥，除軍閥；國民革命成功，國民革命成功，齊歡唱，齊歡唱！」國民革命的歌聲，鞭炮聲，歡呼聲，響徹雲霄，湖南終於被國民革命軍光復了！報上天天載着一些父親的朋友，和大哥的同學英雄式凱旋的消息，那條詩意盎盎的柳堤上，也不時有年輕的軍官馳騁而過，天天，也可說時時、刻刻，都在盼望革命軍打回來的祖父母和母親，似乎被這震地的歡聲淹沒得呆住了！正在國民學校就讀的小女兒，看見老師們燃放鞭炮，說是革命軍已整個佔領了縣城時，假也不請，立卽飛奔回家去找祖母，大聲向祖母叫着：「婆婆，革命軍眞的打回來了！剛才學校李老師在燃放爆竹（卽鞭炮，）城裏整個被革命軍佔了哪！」因爲小女孩看到祖母也和母親一樣，常常一個人倚着大前門向遠方眺望，脖子伸得長長的，不是望革命軍望什麼。想不到祖母竟像楞住了似的，機械地一再說：「好哇，好哇；眞的嗎？眞的嗎？老天，我的孩子們如果看到，如果……」小女孩覺得報給祖母聽的好消息，祖母反應得不够興奮熱烈，有些失望，又趕緊去找母親，「媽，革命軍眞的打回來哪，剛才學校放爆竹，城裏已被革命軍佔了！」

母親一把扶住小女兒的肩膀，好像怕自己倒下去，一雙凄凉的大眼睛，楞楞地望着小女兒，好像不認識她似的，「哦，哦；太好了！太好了！」那情形，好像她剛從一場大夢裏醒過來，又好像她墮入了一場新的夢境。

小女兒有意提醒母親說：「媽，我好高興啊！」

「是的，媽也好高興啊！」母親說，突然熱淚如泉湧，她趕緊拿手帕揩去眼淚，揩去舊的，新的又流了出來，母親不斷的揩，眼淚還是不斷往外流，「快，」母親一面揩淚，一面說，「把爸靈桌抽屜裏的萬子鞭炮拿出來，在爸靈前點上蠟燭，燃上香，我們一同把這好消息告訴你爸，你放鞭炮，擊磬，媽來說。」

那樣一大圈的大鞭炮，小女兒那敢碰，就叫小劉寶（老劉的兒子，是個傻瓜。）來放，母親向爸的遺像跪下，小劉寶燃放大鞭炮，小女兒便擊磬，鞭炮聲停止後，母親吞咽着說：「爸爸，革命軍終於打回來了，縣城已完全在革命軍手中了，老百姓欣喜如狂，我們終於勝利了……勝利了……你安心……了……吧……」

奇怪，她還是不提大哥，難道還沒有放棄那又痛苦又甜蜜的希望？小女兒心裏想，卻不敢問，也不敢說什麼。

母親照舊每天黃昏時候去到柳堤上，向遠方眺望一番，謝家那片密密茂茂的竹林，偶爾也會蹦出一個少年英俊的軍官來，草綠色的軍裝，掛着斜皮帶，騎在馬背上，好不神氣。可是，沒有一個是母親心中的人影。也沒有一個往「家」的路上進行，總是在堤坡上一轉彎，便揚長而去，母親的眼睛，卻一直緊跟着他，直到蹤影全無。也許，是故鄉的夏日黃昏太美，太富有詩意。居然有位英俊的少年軍官，手裏牽着一匹駿馬，一路驕健地走來。

「軍官先生」母親向他深深一鞠躬，「你辛苦哪！」那位軍官意外地一怔，旋即站住了，右手向上一揮，向母親敬了一個軍禮，「老太太，你是和我說話嗎？」

「正是，」母親說。「你辛苦哪！」

「那裏話，」軍官說。「老太太，府上就在附近嗎？我好像不久前在這兒經過也看到您。您大概不認識我。」

「是的，」母親說，「我的眼睛不大好，軍官，你還這樣年輕，也是黃埔軍官學校的嗎？」那軍官笑笑，搖搖頭，「我不是黃埔的。」他說。「不過我有很多黃埔的同事。」

「到我家去坐坐，吃杯好茶，休息一下罷，」母親說。「我有很好的龍井，（大哥愛飲龍井茶。）如果你有空，不嫌棄的話，在我家住一宵，明兒再走。」

「對不起，我沒有時間，還得趕路哪，再見吧，謝謝您的好意。」軍官歉然說。

「那末，我問您，您不要見笑，您認識一個少年軍官叫葉彧龍的嗎？他是黃埔學生。……」

「媽媽，人家有公事，要急着趕路，我們回去罷！」小女兒幾乎哭出聲來。

少年軍官再度搖頭，「我不認識他，老太太。又好像聽過這個名字。您是住在前面那座高樓裏嗎，我下次路過此地時，一定來拜望您。」軍官說，「現在我得走了！」於是，他又向母親一舉手，行了個軍禮，便一躍上馬，立卽響起一陣的答、的答的馬蹄聲，堤路上也跟着揚起一片灰塵！

母親望着那遠去了的俊影，怔怔的說：「我好喜歡聽馬蹄聲。」小女兒望望母親，不知說什麼好，母親又接着說：「我也怕聽馬蹄聲！」

小女兒覺得母親的心是眞的碎了！卻不知道如何去安慰母親。

自從革命軍出現在故鄉，母親的生活是大大的改變了！她再靜不下心來做女紅，常常一個人在大廳裏走來走去，或是站在那兒望着父親、哥哥的遺像發楞，聽到門前窗外有什麼聲響，她便立卽向大門口急步走去，好像去迎接誰似的。如有馬蹄聲在外面響過，她更是迫不及待似的，走到大門前，向四方探望。直到馬蹄聲在寂寞的田野完全消逝，她還怔怔地站在那兒，向大門前橫過池塘的人路探望，探望！

革命軍光復湖南不久，藍家母女三人，也回到她們的老家重建家園去了，父親和大哥的靈座，正式祭告一番後，也撤除了。家，也更顯得空洞洞的。似乎門外的世界越熱鬧，門內的天地更寂寥了。祇有母親的唸經聲，早早晚晚在屋內繚繞、飄浮！

直到今天，那帶淚的聲音，仍不時敲擊着我的心。今天，母親又過去多少年了！墓木已拱，又深陷匪區，掃省無人。那個曾經充滿了革命軍的歌聲，和母親淚光夢影的小鄉鎮，那個生我育我的小鄉鎮，現在又成了什麼樣兒？每到黃昏，個人獨處時，便想起母親站在那楊柳飄拂的堤岸上，楞楞地向遠方眺望的情景，那老屋窗前煤油燈下的慈顏，和帶淚的叮嚀，也歷歷如繪地回到眼前來，儘管這個世界風風雨雨，慈母的愛，在我心上燃起的小燈，却始終亮光光地照引着我，照引着我向坎坷的人生旅途穩步前進。不管外面的世界是如何風狂雨暴，它永不熄滅，永不熄滅！

註一：紡紗是一般舊式婦女，用手搖紡紗車把棉花紡成細紗。操作時，紡紗的人面向紡車坐着，雙膝並攏，右手握住紡車把手、左手捏着一根棉花條，大約手指頭大，一尺左右長。搖紡前，先在棉花條上擰扭一點細紗繞在紡車的旋轉針上，右手緩急有度地搖着，捏棉花條的左手，隨着紡車的轉動，緩急有度地往後拉。一根紡緊了的細紗便從棉花條裏拉出來，拉到不能再拉時，左手又隨着身體慢慢向前傾送。搖送之間，棉紗便被繞在旋轉針的小圓筒上，紡車也跟着發出帶有音樂韻律的音響，那音調低沉而幽緩，頗有催眠作用，所以母親有時哄着不肯睡的孩子說：「紡紗車在唱着歌兒，催寶寶乖乖的睡呢。」

註二：績麻，績麻就是將一種叫「麻」的植物皮，加以人工處理和漂白後，將它用水浸溼，再用手指甲把它分成一條條的細絲絲，平擺在合攏的雙膝上，再用手指把一條條的細絲絲擰結起來，而後又繞成一小團，一小團的，像捲筒的線球似的。最後織成夏布，麻絲分得越細，擰結得越勻越牢，織出來的夏布也越精緻，故鄉夏布，也頗有名。

註三：故鄉習俗，家中長輩去世後，在家裡正廳上首放置一張大方桌，方桌上置一神龕，神龕裏放着亡者的神位。(卽某公之靈位，或某夫人之靈位。)神龕前置燭臺、香爐，家人每日侍候亡者靈位，三餐正餐，早茶晚點照樣供奉，供奉餐點時，燃燭上香，晚輩三跪九叩首拜祭，一般家庭亡者靈座屆滿三年而後撤除，先父靈座，直到國民革命軍光復湖南後始撤除，已屆五年。

註四：帳簷：掛在帳門前上頭的一種飾物。

寫作與我

凡人都有自己的夢，支持自己在複雜錯綜的人世中生活下去。雖然，隨着各人思想情操之不同，每一個人的夢，也大異其趣；但每一個夢：都能對個人發生鼓舞和撫慰作用則一。對喜歡舞文弄墨的朋友而言，寫作，便是發揮個人夢想，編織個人夢境的絕好途徑。可是，寫作，是一大樂事，也是一大苦事。儘管你做人圓通到家，逢人便說「今天天氣哈哈哈，」但當你在書桌前一坐，舖上稿紙，提起筆來，準備手腦一齊動員時，那個一直被你隱藏住的「眞我，」便會不由自主地脫蛹而出，與眞實的世界，眞實的人生，面面相對，這時，你想打哈哈也打不起來了。所以，一個認眞的作者，和吐絲的蠶兒一樣，一字一句，都來自肺腑。雖未必每個作者都嘔心瀝血，但寫作生涯，總難免孤燈獨對，墨與淚俱！

寫作，又最能使人忘我，在作品創作的過程，你會在不知不覺中，一往情深地，墮入自己創造的故事和人物當中，和故事中人物的生命揉和在一起；隨着故事的發展，和人物的活動，你禁不住時而微笑、時而低吟、時而嘆息；時而振筆疾書，滿紙煙雲；時而，搜索枯腸，一句難成，繞室徘徊，喃喃自語；甚至熱淚縱橫，如喪考妣。在第三者看來，簡直就是神經病。寫作，不但最容易忘記自己，也最容易發揮自己，你的思想，情感，個性，以及生平經歷，隨時都可透過你的筆尖，注入所創造的人物和故事裏面，使你的生命，無形中脫胎換骨，變化萬千，有如西遊記裏面的孫悟空，你還無須翻筋斗，就可在一轉瞬中，遠行十萬八千里外，或三百六十萬里外去活動。四海之內，任你遨遊，聖賢豪傑，才子佳人，由你變化，好不快哉！所以寫作生涯，表面孤獨，內心並不寂寞，儘管多數的創作，都是吃力而不討好。但一般創作者，祇要自己能夠副作時，絕不輕易放棄它。正如一個慈母，不管自己的孩子是美，是醜，賢智或愚蠢，總把他創作自己一生犧牲奉獻的對象，不但愛護唯恐不週，爲他受苦受難，也毫無怨言，犧牲奉獻，至死不渝。因爲，這是你生活的憧憬，你自己的「夢」，可以寄託你的精神，發洩你的情感，宏揚你的抱負的「夢」呀！

所以，寫作的滋味，甜酸苦辣，樣樣俱齊；寫作的道路，有時固然艱難崎嶇，荆棘叢生；有時，也柳暗花明，別有天地。寫作的朋友，走上這引人入勝，又崎嶇難行的道路，和文字結下不解緣，多少都有點緣由。人們也常說到稟賦、靈感，環境這一類的話。至於我，最初啓廸我寫作之門的。該是我家宅後挪一泓綠水，最初在我心靈深處燃起挪小小的、創作的火星的，是祖父和慈母的愛心。也許，愛，是一切創作的發動力，對我而言，尤爲切合。

我生長在一個風光如畫，民風厚樸，宗教氣氛瀰漫的小村莊，一個充滿愛，也充滿悲哀的家庭。進小學前，每天清晨，母親替我們小姊妹梳洗好，便把我們牽到正廳，站在父親靈座前，向着靈座上香煙繚繞的父親遺像說：「爹爹早！」然後，一齊跪下，叩首如儀。我常常感覺靈座上的父親，也回答我以微笑。爬起來回顧身後的母親時，總看到大顆、大顆的熱淚由她頰上滾下來。「看公公婆婆去吧！」母親低沉沉的說，儘快轉過臉去揩眼淚，這些情景，都歷歷在目。

繼父親於護法之役殉難後，黃埔軍校一期畢業的大哥，又於國民革命軍東征時，陣亡淡水。其時，我剛踏進小學之門，弱妹孤侄，尚在提攜乳抱中。一門孤弱，風雨瀟瀟！數不清多少個月明之夜，我由睡夢中醒來，看到母親像尊石像一樣，站在窗前，仰望着窗外的蒼天明月，默默無語。是母親向蒼天有所訴說，還是她想在團圓的月影中，發現父親和哥哥的面目呢？我相信母親一定又在流淚，可是我看不見，祇要我稍微轉側一下，她便如影子般輕盈地一閃，儘快回到她的床上去，儘可能不發出一點聲響。這，就是我的母親！她總是把她的悲痛，深深地，埋藏在她的內心深處！不願我們幼小的心靈，受到絲毫家庭不幸的影響。什麼時候，母親才會快樂起來，不再流淚？我幼小的心靈時常發出無聲的申訴，無聲的祈禱！

另一面，我的祖父，却是個詩畫自娛，愛好自然的人。他常常把我帶到大自然的懷抱裏，面對着欣欣向榮的自然景物，欣賞宇宙的和諧，和生之喜樂。我家宅後那一灣綠水，在我心上尤留有深刻印象。我覺得它也有生命，會哭、會笑、會說話。我常攜帶着自己喂的小鳥，伴着祖父在河邊柳樹下釣魚，看着金色的陽光在河水上閃動，鄉民朝神的帆船，一艘，一艘像行雲一樣飄過去；朝神者虔敬的歌聲，河水綿綿的細語；以及岸邊啃草的牛羊，天空掠過的飛鳥，都帶給我許多遐想，我的心靈也想歌唱，想飛翔，想吟咏，想發洩，發洩自己的感應。稍長，我便常常自己一個人沿着這條河流漫步，在如夢的黃昏，在靜寂的清晨，我向它訴說我的心願和感觸，包括希望我長大後，能使家裏每個人都快樂，母親不再哭泣等。到我進了小學，能够造句時，我便把我對它說的話，寫成一些短句。我自己把它當作詩，有時，不讓任何人知道，有時，也拿給祖父看，祖父總是誇我，鼓勵我，使我樂此不疲。

我寫的自認爲詩的短句，第一次正式在校刊上發表，是小學五年級時，爲悼念自己所喂的一隻小鳥之死而作。第一次正式投稿，是唸高三那年，爲紀念先父殉難十五週年而寫的一篇散文「父親」，投到武漢日報副刊發表後，我的同學們看了都非常感動，晚上自修時，還圍住我問這問那，一時滿室嗚咽，使值夜班的老師人吃一驚。雖然叩開了投稿之門，我當時並沒有繼續不斷的寫下去。由於我的母親目睹一些農村婦女，在難產中失去寶貴的生命，甚至有些嬰兒來到人間，第一次張開眼睛，便看不到母親。因此，她希望我學醫，最好是婦產科。爲了不願使母親失望，我拼命在理化方面加油，無奈我總是吃力而不討好，至使母親的夢，永遠無法實現。國文方面，在學校我沒下過半點功夫，學校的課文，多數在小時祖父都教過，早背誦得爛熟，用不着傷腦筋。但我喜歡鑽圖書館，到了圖書館，頗有如魚得水之樂，我什麼書都想翻翻，哲學、文史、名人傳記、美學，有關動植物的史話，有時一翻翻出苗頭來了，便渾忘一切。時間、空間，連自己都不存在，全被書的內容征服，與它融化爲一了，因此，常常鬧笑話。

其實，我少時很想學習音樂和繪畫，也許是受了祖父的影響，我覺得藝術家的生活，最愉快自由。音樂能融滙人類的思想感情，撫慰人類的心靈。而繪畫，可朝夕與偉大的自然相對，悠然物外，不染塵埃。繪畫和音樂，都能使人達到和平、寧靜、物我兩忘，至善至美的精神境界。在我那善於做白日夢的年齡，覺得這是人生最美好的夢。我從沒想到國家是一切夢想的基礎，基礎動搖，任何個人的美夢，都無由實現。終於有一天，母親說：「你既然不能學醫，就學教育吧，教育工作，很有意義，對女子尤爲適宜。人生在世，應該做些踏踏實實的，有意義的事，」儘管我心上仍在仙樂飄飄，空中樓閣連雲起，我還是聽從了母親的話，正想全力以赴母親給我指定的日標時，一聲晴天霹靂，盧溝橋戰起！我如大夢初醒，還來不及安排如何應變，又一聲霹靂，祖母、母親相繼病危！此時，抗戰的烽火，已蔓延到京滬一帶，我倉皇返里侍疾，不料竟成永訣！祖母、母親安葬後，坐上赴武漢的特快臥車，淚眼模糊，我望着月臺上送我的寡嫂孤侄，雜在潮水一般湧動的人羣當中，悽惶無主的神情；我望着那些一臉敦厚，滿眼悲憤的故鄉父老；我望着我生於斯、長於斯、父親、母親、和列祖、列宗那長眠於斯的故鄉湖山；我不知道這一別，我甚麼時候才能回來？是否能够活着回來？再度歸來時，年邁的祖父是否健在？孤獨無告的寡嫂孤侄和故鄉的一切，是否無恙？國難家難，感觸萬端！我需要發洩，而我一直心嚮往之的音樂和繪畫，此時都幫不了我的忙，隨着開車的鈴聲，我隱約聽到孤侄的哭聲，而我自己，眞是欲哭無聲。因自母親去世，我便失去了嗓音。於是，拿出了記事本和筆，自「父親」一文問世後，這才再度混和著熱淚，用文字發抒我滿腔的悲痛和感觸。「再會吧，美麗的故鄉！」我寫着，寫着，滿紙斑斑，分不出是淚。(跡)，還是墨跡。寫到深夜時，我的思緒頻頻被隔室的哭鬧聲打斷，無法繼續，由口音，發覺隔室住了一對北方男女，她婉嚩哀號，一聲聲，「讓我死吧！讓我死吧！媽媽呵！你在那裏？我要死了，我要死了！」她似乎要由車窗跳出去，又被他拖住，不斷的哭喊！「要嘛讓我自由，要嘛讓我死！把我的安眠藥藏到那裏去了？你有什麼權利不讓我自由的活？又不讓我自由的死？」他時而好言安慰她，時而粗暴地壓制她，軟硬兼施。而她也始終不肯就範，直到快天亮才平息下去，我也直到天亮才朦朧入睡。次日上午九時左右，我突然被嘈雜的人聲驚醒，走出去一看，我驚呆了！一位面目姣好，長髮如雲的少女，正被人由隔室抬了出來，跟在他後面的是一個中年大漢。「怎麼回事？」我渾身發抖。「你隔壁的女客得急病死了」。茶房輕描淡寫的說。「讓我死吧！讓我死吧！」她似乎在我心上哭訴，自殺？他殺？我滿腹疑雲，却甚麼也不敢說，此時，車正停在汨羅站，他毫無表情的把她抬下去了！可憐的弱者，最後還是逃不了由他擺佈的命運！車廂內隨卽恢復原有的平靜，好像甚麼事都不曾發生過一樣。可是她哀婉的哭聲，如雲的秀髮，一直在我心上繚繞：「讓我死吧，讓我死吧！」似錦年華，如花美貌，爲甚麼？爲甚麼？可憐的同路客，也許你的「美」，便是你的「罪」，你的閃亮的「青春」，便是悲劇的根源！由汨羅車站，又上了許多去前線服務的學生，車廂內立刻響起一片「中華民國不會亡」的大合唱，激昂慷慨，響徹雲霄！和剛才的情景，適成一强烈對照。莊嚴與卑劣，美麗和醜惡，光明與黑暗，這輛滿載着社會百態的列車，載着青年人的希望和信心，也載着弱者的血淚和呻吟，滾滾不息地向前開去，於是，我繼「再會吧，美麗的故鄉」，又在昏暗的車燈下，完成了「湘鄂道上」。

此時，武漢情勢已非常緊張，各機關學校早開始大撤退。我如失羣孤雁，臨時參加重傷醫院的服務工作。因爲沒有受過護士訓練，祇是做做棉花球，替傷兵倒倒茶水、寫寫家信。爲時約一月左右，其中亦不乏可歌可泣的事蹟，使我深受感動。而感我最深者，莫過於有一次替一個山東籍的臨危小兵寫家信。我還記得他的傷是在胸部，頂多十八九歲吧。他說一句，我寫一句。寫好了地址，他用那和鹿一般溫柔和善的眼光望着我，好一會，才虛弱的說：「媽媽，也許過一會兒我就會死去！」我大吃一驚，趕緊安慰他說，「兄弟，不要這樣寫好嗎？你會好起來的，別讓你媽看了難過。」「下面還有呢，」他莊嚴而平靜的說，「請別打岔好不好？」我祇好點頭。一縷淒涼的笑意，掠過他的眼角唇梢，他又平靜地接下去，「但是，媽別難過，中華民國不會亡！」我以爲自己發生錯覺，因爲「中華民國不會亡」，原是當時流行的抗戰歌詞。我俯近他問道：「兄弟，你說甚麼？」他嚴肅的瞪着我，「中華民國不會亡呀！」聲音微弱，却說的淸淸楚楚，可是，接下去，就顯得非常吃力了，斷斷續續的，「以後，媽看到……青天……白日……的國旗，……就……等於……看到你的……親兒子……因爲，那上面……有我的……心。我的……血……媽媽……您……」隨着聲音的中斷，他的身體痙攣了一下，接着，頭向旁邊一歪，平靜地，閉上了那小鹿一般溫柔的眼睛，再也沒有睜開來。他平靜得有如墮入一個甜美的夢境，而我，却被感動得熱淚縱橫，還禁不住嗚咽出聲。此刻，當我提到他時，他的稚氣未除的孩兒臉，他那和小鹿一般溫柔和善的眼睛，仍然活靈靈地，在我心上出現。多少美麗的靈魂，藏在一個平凡不足道的軀殼之內！多少最眞、最美、最善的事物，都被平凡不足道的外表掩住了！我們常常忙碌半生，去追求星月的光輝，百鳥的啼聲，玫塊的芳香，來裝飾眞美善的人生，而不屑一顧用血淚創造「眞美善」的小人物！當時，我就以「中華民國萬歲」爲題，記述了這感人的一幕！到重慶後，生活在平凡中趨於安定，創作的激動力因而減低，我的「寫作」，也時斷時續。

所以，由小迄今，我之所以寫作，完全是基於內心的要求。有話要說時，非寫出來不可，無話可說時，從沒有想到要寫文章。我少時做過許多白日夢，並沒有夢想有朝一日，要擠身作家之林。我停停寫寫，寫寫停停，全憑興之所至。把它發表了，就算了了心事。不但一直沒有出書。也沒有想到要出書。所以在大陸發表過的文稿，都已散失，根本沒有貼存。

我之出版「懷鄉集」，是爲紀念先母的八十冥誕。該書包括我在臺十餘年，先後在各報章雜誌上發表過的十五篇散文，其中多數，因撰寫時稿紙被淚水浸毀，不得不一再更換。「母親」是我來臺後最先發表的一篇，也是撰寫時流淚最多的一篇，所以把它排在首頁。我當初本擬以「母親」爲書名，並附先母照片，精印五百本，專送親友。出版前，我給幾位尚在大專學校唸書的青年朋友看，由於他們說：稿未全部讀完，便哭濕了幾條手帕，他們一致勸我正式發行。我沒有想到以我一個「哀樂中年」人的情感，能在青年人心上引起共鳴，深受感動之餘，立刻接受了他們的意見。並把書名改爲「懷鄉集」。因爲我覺得「懷鄉集」三字，更能代表我今日的感情、感觸、和書的內容。我特別感謝毛子水先生爲該書寫前言、君璧老師爲我畫「白雲故鄉」封面，使該書生色不少。

該書出版後，我得到各方很多鼓勵，包括黨國元老，文藝界先進，和一些愛好文藝的青年朋